多謝款待

那些愛與被愛的煙火氣

張曼娟

序

多謝款待

——那些愛與被愛的煙火氣

我喜歡旅行之後趕回家吃晚飯，剛打開門就聽見廚房裡抽油煙機和鍋鏟的聲響，轟隆隆、哐啷啷，扔下行李快步走到廚房，看見爸爸稍顯傴僂的身影，穿著洗到近乎透明的汗衫短褲，一面翻攪炒鍋，一面照顧著湯鍋。我擠過去開心的嚷嚷：「哇，回鍋肉欸，還有虱目魚湯。」說著，我掀開另外一個小鍋，是我最愛的芋頭甜湯。以前就問過爸爸，削芋頭你的手不癢嗎？他笑而不答，我知道他癢也甘願。「你的手又癢了吧？」我看著紫色的甜湯問。他搖頭：「不癢，現在都不癢了。」現在，都不癢了，我突然意識到什麼，這感應使我渾身僵硬，爸爸對我說：「洗洗手，準備吃飯了。」我轉頭望著他，很想對他說話，他卻在我眼前模糊。我不想哭，我不能哭，一切已經來不及。

我從夢中醒來，將臉埋進枕頭裡，無聲的哭泣。

我再也不能對爸爸說，謝謝您，成為我親愛的爸爸；謝謝您，一直以來的款待。

《多謝款待》是我的第二本飲食書寫，距離上一本同類散文《黃魚聽雷》，已經二十年了。二十年來經歷了許多事，生命中最大的震盪是我成為父母親的照顧者，走上了這條慌亂、無助而又艱辛的長照之路。父親從廚房退役，而他嘆息著再也吃不到自己料理的美味，我在他的指導下復刻他的滋味，有時他微微點頭，表示肯定，多半的時候他嘆氣搖頭：「不對。」後面幾年我已經明瞭，他的味覺退化了，無法嚐出食物的美味，這是我不管多麼努力都無法改變的事實，只能接受他的「不對」，並告訴自己我沒有不對。

接著，疫情來了，三級警戒竟然激發出我的煮食動力，雖然父親對我的廚藝評價不高，但是小學堂的夥伴老師們，卻相當捧場。在人心惶惶的時刻，盡量避免外食，我便揣著身分證去市場買菜去了。身分證尾數單號、雙號限定入場，進場必須掃描QR Code，風聲鶴唳的氛圍，是否還有明天的不確定，此時，為所愛的人與自己，烹煮一頓營養美味的午餐，成為了最重要的事。

父親從廚房退役後，我穿上圍裙，開始服役。而後我才發現，進廚房不只是種苦刑，原來也可以樂在其中。不只是為所愛付出，而是料理真的是不會辜負人的。你對戀人全心全意，他（她）可能變心；你對朋友忠誠體貼，他（她）可能背叛；你對兒女傾付所有，他（她）可能對你棄之不顧，在這荒涼而詭譎多變的人世，只要有新鮮的食材，適當的調味，足夠的火候，就能

烹煮出好吃的料理。投入的時間與心力，絕不會白費的。當我沮喪到不知道該相信什麼的時候，我相信料理。

除了家人以外，我幸運的能得到更多滋養。皇冠出版社的創辦人平鑫濤先生，在我心中猶如另一個父親，當他在世時，常常帶我去品嘗美食，閒聊家常，同桌的還有他的子女，瑩、琁和雲，那些閃亮的時光是我心裡永恆的印記。直到現在，席上再沒有平先生，我們還是會聚餐，有了什麼好吃的東西，他們還特意給我一份，彷彿我是他們的姊妹。

雖然是社恐症，我也有相交大半生的好友，埔里的芳姿和子華，他們原本經營著高朋滿座的野菜餐館，生意好到準備開分店，九二一地震倏忽而至，震垮了許多人的世界。他們夫妻二人收起餐館，成立了長青村，收留照護一無所有的老人，直至今日。當我的長照生涯開啟，感到力不從心時，便溜到長青村打牙祭。大廚子華寶刀未老，滿滿一桌佳餚開上桌，其中少不了芳姿豆腐坊的自製豆腐。曾經我說過：「常常一起吃飯的，就是你的家人。」現在我想說：「常常有飯吃的地方，就是你的家。」

人到中年很難結識好朋友了吧？我卻那麼幸運的遇見了霞姐，她是友人冠吟的母親，比我年長幾歲，是個從職場退休後生活更充實的女性，除了照顧兒孫輩，興致來時便搭上火車、巴士，全台走透透，溫暖、堅韌、開朗、仗義，是我心目中理想大人的樣子。她常給我送美食，有時是自己做的，有時是從遠方購買的，有時也向我傳授各種健康飲食的知識。我希望自己也能成為這樣的女性，沒有年齡，只與愛和美好相關。

二十年前的《黃魚聽雷》，寫的是父母的料理與我的成長故事，這一次則是記錄我自己掌杓為父母與他人煮食的經歷。猶記得當年寫書時，我和父母坐在一起，聽他們敘述那些菜餚的製作過程，談到往事與趣事，感到懷念又快樂。有時寫著寫著，從電腦前跑到父母跟前，詢問許多細節，他們總會放下手邊的事，耐心的講給我聽。嚴格說來，《黃魚聽雷》是我和父母的共同創作。

這一次卻是我安靜而孤獨的寫作，父親愈來愈不愛說話；母親很多事都不記得，就像一種預示：未來的路只有我自己向前走。

八月八日是我頭一次沒有父親的父親節，在父親故去後的一連串混亂之後，我決定寫文章給遠去的父親。〈爸爸，吃飯了〉就是在那天完成的作品，好幾次我悲傷到無法繼續，顫抖的手指敲不了鍵盤，是那麼真切的感受到，父親真的撒手，獨留我在人寰。而他依然進入了書中，參與了我的創作，我並不是真的那麼孤獨。我不能也不會忘掉他身上的煙火氣。

原本希望這本飲食散文能寫得輕鬆諧趣些，因為日常生活中的我，就是這樣的狀態，等到書稿集結完成，才發現這是一本美味與傷逝之書。

真實的人生也是這樣的，我們無法逃避失落的必然來臨，也不要放棄每一次可以追尋的幸福。想起那些為我料理的人；享用我的料理的人；和我一起尋訪美食的人，此時此刻，我只想說：多謝款待。

多謝款待，我不知道自己原來可以這麼幸福。

張曼娟
二〇二四年中秋謹序

感謝插畫家木口子為《多謝款待》繪圖，優雅又不失童趣，款待了每位正在閱讀的人。

目次

野宴與盛宴

童年的夏日總是悠長，
並不知道原來有那麼多的失去與憂傷，埋伏在前方。

匆匆忙忙出門，樓下管理員指著牆角一個大紙箱對我說：「大西瓜來囉。」

「大西瓜？我沒有訂西瓜啊。」我走過去稍稍張望一下，閉闔的紙箱上確實印著一顆大西瓜圖樣。然而，家裡已經有朋友寄來的一顆花蓮大西瓜了，接踵而至的西瓜令我有些苦惱。我交代著外籍看護阿妮下來拿，一邊叮嚀著，要用爺爺的輪椅推上樓，西瓜很重啊。家裡的輪椅除了為父親代步，還是我們的運輸工

具，堪稱為多元化輪椅。我出門後不久，阿妮傳來照片，紙箱被打開了，鋪滿一地的原來是芒果，並不是西瓜。我們都鬆了一口氣，同時覺得欣喜。

二十幾年來，好友梓評的家人總是在夏日裡為我寄來品質超好的芒果，有時候還會吃到沒見過的稀有品種。我常坐在芒果堆裡，認真的看著圖鑑比對，這到底是「金煌」還是「夏雪」？原來這顆看似巨型土芒果的綠色芒果叫做「黑香」，是在日治時期由印尼引進台灣的。

來自印尼的阿妮頭一次看見時，便流露出他鄉遇故知的眷戀與喜悅，她咬了一口之後，情緒有些複雜的說：「真的很像，但還是有點不一樣。」這就是所謂的南橘北枳吧，換了環境，吃了不同的水土，自然生出不一樣的滋味。

每次收到一大箱芒果，我便與相熟的鄰居分享，認識超過四十年，宛如家人的鄰居陸媽媽最愛這些來自南國的果實，她說，這麼香甜的芒果根本買不到，將芒果抱個滿懷的笑臉，是無法掩飾的歡喜。過不了幾天，我們就會收到她精心製作的甜點，派皮上鋪滿馬斯卡彭起司與金黃耀眼的芒果塊，冰冰涼涼的含在嘴裡，這是我最奢華的私房點心。

就在我收到南國寄來的芒果時，東京好友維中也傳來一則訊息，他收到了我從台灣訂購的一箱愛文芒果。每一顆鮮紅帶淺黃光暈的愛文，規規矩矩的躺在果箱裡，彷彿正做著夏日眠夢，套在果實上的防護套，則像是新生兒頭上的編織軟帽。一開箱便逸出芒果熟成的甜美香氣，特別可愛誘人。維中說他收到後立刻分贈給好交情的日本友人，友人拿到芒果時露出難以置信的表情，珍重的捧在掌心，像捧著一個嬌嫩的嬰兒，接著問：「這要怎麼吃？現在就可以吃了嗎？」

每年三、四月時，身體裡就會出現一種只有我能聽見的滴答聲，聲聲催促著：「該訂芒果寄到東京囉，千萬別忘記。」於是，我會刻意安排一天進城，到SOGO百貨地下一樓的訂購櫃檯去預訂。當我填寫單據時，那些芒果可能剛剛生成，在枝葉的遮蔽下搖曳著，並不知道自己長大後將會飄洋過海，成為國民外交大使。維中公司的社長對他相當照顧，情同父子，我去東京時也與他有一面之緣，爾後，每一年維中送芒果給社長時，總會提起我，而社長也總是非常誠摯的表示感謝。「但我覺得，社長應該已經不記得妳的長相了。」維中說：「當我提起曼娟老師，社長的眼前應該就浮現出芒果的樣子。」

我情不自禁想起在銀座街頭，社長與長得像一顆芒果的我，對彼此深深鞠躬，並且說著「ありがとうございます」（非常感謝）的畫面，而後笑出聲來。

芒果對我來說，是有著許多人情味的水果，每過一段時間，就有與之相關的故事可說。

一九九七年到香港中文大學任教，當年有一家以芒果為主打的甜品店，叫做「許留山」，他們家的芒果西米撈、楊枝甘露、芒果冰，都是排隊名物，選用了菲律賓的呂宋芒，果香飽和，再加上椰奶為基底，開啟了眾多港人與旅客的味覺新體驗，而我這個介於港人與旅客之間的新住民，也是無法抗拒。

某天在電梯裡遇見一位系上的老師，我們都是新進教師，平常遇見時也就是點個頭致意，然而他突然問我：「妳喜歡許留山嗎？」我說喜歡，他微笑的從口袋裡掏出一張優惠券遞給我：「試試新開的這一家，我覺得比許留山更好一點。」我迫不及待的去試了同事推薦的甜品鋪，位於旺角的「果留香」，還沒走到店門口，已經嗅聞到令人垂涎的盛大香氣。原本以為許留山已經是絕品，原來還有更令人驚豔的。從那以後，有朋友來港旅遊，果留香成了我的指定名店，吃過的朋友也都意亂情迷。可惜，二〇〇三年已然歇業。而被我冷落許多年的許留山，在無限展店的輝煌之後，也於二〇二一年底永久歇業了。

在歲月中失去的芒果滋味，還有媽媽的牛柳炒香芒。芒果熟成的速度很快，有時候來不及吃就軟爛了，非常可惜。媽媽試著將蠔油牛肉與愛文芒果炒在一起，滑嫩的牛肉被乳化的芒果包裹著，酸甜鹹香融合成奇妙的口感。每次吃到這道美味料理，我都邊吃邊讚歎。媽媽說過要教我，我便撒嬌的說：「媽媽做給我吃就好，我不用學。」直到媽媽因為中風而後罹患認知症，再也不能下廚。曾經在廚房裡揮灑自如的媽媽，偶爾走進廚房，茫然四顧，連瓦斯爐都開不了了。

我試著做過牛柳香芒，不是牛肉太韌，就是芒果不夠軟，感覺兩者皆是心不甘情不願的，貌合神離。我趁著媽媽神清氣爽的時候問她：「妳的牛柳香芒是怎麼做的？還記得嗎？」媽媽問我：「妳喜歡吃啊？」我點頭。「可是我沒做過啊，要不然，等我身體好一點，我再去學，然後做給妳吃。」媽媽給了我一張永遠不會兌現的支票，面額很大，是她對我依然存在的愛。

在《黃魚聽雷》的〈染上香芒色〉這篇結尾，我是這樣寫的：

也許有一天，我終於走失在人群中，已經老到什麼人也不認得，什麼事也記不住，如果有人要尋找我，也許就該往芒果樹的方向走，那時候，我或許正因為一個孩子剝開芒果，噴湧而出的香氣而駐足，而滿足的微笑。

原本是對未來自己的預言，沒想到竟然成了母親的現況，這看似浪漫的描述，原來是如此逼真的現實與殘酷。所幸，她仍然和我一樣熱愛芒果，切好的芒果裝在盤子裡，她吃了一塊，驚訝的抬頭讚歎：「芒果真是太好吃了。」那神情像是頭一次品嘗，而後一塊接一塊，再也停不下來，雖然醫生交代注意血糖，我竟不忍阻斷她如此簡單的快樂。

許多人小時候吃土芒果，得用水盆接著，因為汁水淋漓，土芒果的香氣有些霸道，吃完之後手指仍有餘香，汁液滴在衣物上便無法清除，若吃得太多，連汗水的顏色也是黃的。不是我們吃掉芒果，倒像是芒果占有了我們。現今的各種芒果宛如盛宴，卻顯得斯文多了。我用叉子吃著切成小塊的芒果，竟想念起童年時的芒果野宴了。

童年的夏日總是悠長，並不知道原來有那麼多的失去與憂傷，埋伏在前方。我聽見自己和同伴們吸吮芒果汁液，發出啾啾的聲音，那麼用力的將芒果吸進身體裡，也吸食了夏日的天地靈氣，在這樣一場又一場的野宴之後，我們好好的長大了。

永遠不回「頭」

我衷心祈願他快樂，不只是在父親節的這一天，而是每一天、每一餐，每個我們同在的瞬間。

外籍看護阿妮返鄉探親一個月，而後如期歸來，她用宏亮的聲音向重聽的父親提問：「爺爺你想吃什麼？我要去買菜喔。」父親的精神瞬間抖擻起來，他對阿妮說：「買絞肉。」

「爺爺你要做獅子頭嗎？」

父親沒再說話，只是點點頭。

「好的，沒有問題。」阿妮拉著菜籃車出門了。

眼前正在發生的情景說明了兩件事：其一，爺爺與阿妮之間默契十足；其二，阿妮回來了，家裡的一切回復正軌了。其實，阿妮休假時，家中有代班的看護，而一切採買都由我負責，每次出門前我也會問：「爸，你想吃什麼？我去買。」父親總是苦笑，或是鎖眉，搖搖頭說他什麼想法也沒有。現在阿妮回來了，他的想法紛紛湧現——阿妮是爺爺的繆斯。我發現自己相當淡定的認清了這個事實。

自從父親日漸衰老，又跌斷了兩條腿，無法長時間站立在廚房料理，他對家中菜餚的滿意度就日漸下滑了。雖然，偶有客人來家中用餐，對阿妮的手藝讚不絕口；我在小學堂隨性煮食的員工餐，也總能光盤，但，來到父親面前，卻都不及格。認為自己廚藝頂尖的人，一旦無法再持鍋杓，「普天之下，再無美食。」原來是如此的感傷與失落。

我曾經在熟食店買到品質與口味都挺不錯的獅子頭，而後用香菇、大白菜與番茄一起燴燒，大白菜吸飽了香菇與肉汁的滋味，微酸的番茄既添了色彩又有解膩的效果。端上餐桌，擺在父親面前，他也吃了不少，幽微的是，吃完這道菜後，立即催促阿妮去買絞肉回來，準備大展身手，彷彿要慎重宣告，什麼才是正宗的獅子頭。

以往買回絞肉，父親總要再剁上幾輪，使肉產生黏性，如今，阿妮直接請肉攤老板將肉絞上兩回，黏性也就出來了。雖然不甚滿意，父親也能接受，畢竟，他自己沒力氣剁了；我實在沒時間剁；認知症的母親恐怕連菜刀也拿不穩；如果讓不吃豬肉的阿妮，與豬肉如此深度的交流，也說不過去。

父親的獅子頭所需醃料很簡單：絞肉、洋蔥末、蛋、醬油、酒和少許的水。他將肉和洋蔥放進大碗中，加入蛋液，緩慢的攪拌著，一邊將調味料徐徐加入，看他端坐在那裡，氣定神閒的姿態，真的有點像一代宗師。最後的最後，則要放入令一切食物瞬間提味的寶物：味精。一般人灑上少許也就夠了，宗師用一種天降甘霖的手勢灑味精，可以聽見唰唰唰唰的俐落聲響。唰唰唰唰，什麼？味精對身體健康有害？宗師已然九十又六矣，身強體壯，驗血報告幾乎沒有紅字。唰唰唰唰，味精吃多了掉頭髮？宗師頭髮濃密，黑髮還比白髮多。那些江湖傳說，都只是自尋煩惱而已。

獅子頭在半鍋油中泅泳，呈現出紅褐色，香氣四溢。十顆渾圓飽滿的大肉丸，盛在白瓷碟裡，閃閃發亮。阿妮用了高麗菜來燴煮五顆獅子頭，加點醬油和鹽，有菜有肉，既下飯又適口，除了阿妮，我們都吃得津津有味。

「還剩五顆喔，爺爺要怎麼處理？」阿妮問。

「給妳帶去小學堂吧。」父親對我說。

「好喔，謝謝。」我盤算著該買什麼來搭配，轉頭瞄一眼，感覺五顆獅子頭也正神采飛揚的打算換個廚房，再顯身手。

到了晚餐時，父親竟然又問阿妮：「剩下的五顆獅子頭怎麼處理啊？」

「爺爺中午說過要帶去小學堂。」阿妮據實以告。

「喔。」父親沉吟片刻，而後說：「如果要帶去就帶去，如果不帶的話，妳幫我冰進冷凍庫喔。」

「我要帶喔，謝謝爸爸。」我連忙表態。

「那也可以。」父親繼續說：「或者是冰進冷凍庫，我慢慢吃。」

阿妮瞬間傻眼了，她強烈懷疑自己的中文程度衰退，完全聽不懂爺爺的意思，到底要讓我帶走？還是要留著他自己吃？就連那五顆獅子頭，也陷入進退兩難，猶豫不決的分裂情境中。

所幸，我驀然醒悟了，安撫阿妮，她的中文沒問題，只是父親改變了主意。我趨前對父親說：「剩下的獅子頭，阿妮放進冷凍庫，你留著慢慢吃喔，我不帶去小學堂了。」父親讚許的點頭，連聲說：「好、好、好。」露出了老懷堪慰的神情。阿妮還是不太理解，但我完全明白，或許是在父親漫長的人生旅途中，瞻前顧後，沒有太多自主決斷的時刻，他習慣於用迂迴隱晦的方式，一邊隱藏，一邊表露，才能感到安全。

雖然已經跟工作夥伴們預告，會有獅子頭吃，如今落了空，也無所謂。我看著父親吃得那麼香，這才是最重要的事，他再度品嘗了自己唯一認定的美食，比什麼都快樂。我衷心祈願他快樂，不只是在父親節的這一天，而是每一天、每一餐，每個我們同在的瞬間。

獅子頭其實不是真正的「頭」，真正的「頭」也自有愛好的人。小時候媽媽教我吃雞頭，剝開頭骨，挖出雞腦，對我說：「看看，這像不像秦檜啊？雙手綁在背後，跪在地上，低著頭認罪的樣子。」外婆跟她說，秦檜害死岳飛，犯了大罪，他被小鬼追捕，無處藏匿，只好藏進雞頭裡。我盯著那個小小的腦仁看，竟還真看出了幾分神似，於是一口咬碎，帶著點為民除害的正義感。

筆記小說中記載了關於鴨腦的故事，說的是一個富有的名士，特別愛吃鴨腦羹，每日總要來上一碗，因為庖製一碗鴨腦羹需要許多鴨，為此大量屠殺，並將羽毛與吃不完的殘肢埋進後院，日積月累，某天名士來到後院，赫然見到平地起了一座小山坡，竟是鴨塚，這才明白自己的殺戮太重，幡然悔悟，就此戒掉了鴨腦羹。

我的朋友很愛豬腦湯，我對腦類沒有特別的愛好，但是滷汁濃郁的鴨頭，啃吮起來還挺有滋味的，鴨頭裡最好吃的部位應該就是舌頭了，因此，老天祿這類的老店，滷鴨舌的銷路特別好。

有一年去大陸出差，遇到一個爽利的川妹子，她盛情邀約我們去四川「啃頭」。

「麻辣鴨頭嗎？」我問。

「咱們的兔頭特好吃了。」

「兔頭？」我的眼前立刻浮起隋棠在電影裡的經典片段，看著周迅大嚼兔肉，她瀕臨崩潰的嚷嚷著：「怎麼可以吃兔兔？兔兔那麼可愛！怎麼可以吃兔兔？」

「在咱們成都啊，夏天到了，把腳泡在溪水裡，一邊啃著兔頭，真是最棒的享受。」川妹子瞇著眼睛，沉浸在她的極樂之夏中。

我卻聽見自己問了一個奇怪的問題：「那個兔頭，有耳朵嗎？」

「沒有，耳朵啃起來太不方便了。」可能因為我的問題太不專業，川妹子於是示範啃兔頭的標準步驟，麻辣辛香的兔頭，上下顎掰開約一百度，將嘴伸進兔嘴，狂吮兔舌，令人銷魂啊。

「這是跟兔子深吻嗎？」我微微發顫的問。

「哎呀，沒錯。咱們四川啊，就是把深吻叫做『啃兔腦殼兒』。」川妹子笑得樂不可支。

兔頭至今還沒有勇氣嘗試，養了貓就更不想試了。有時候貓咪過來磨蹭，用頭抵住我的頭，我下意識的親親牠的腦門，突然想起「啃兔腦殼兒」，立刻抽開身子，貓咪也像感知到什麼似的，頭也不回的跑掉了。

殼薄而情重

我知道Y也笑嘻嘻的入座了，
我們一起舉杯相碰，微笑著。

九龍城的越南餐館；旺角的涮羊肉；西營盤的打冷，我在香港有一張好大的餐桌，是好友Y為我張羅布置的。

一九九七年，我在香港中文大學教書，那時候除了中天電視台，還有一家大地電視台，他們有一檔節目是聊香港二樓書店的。節目收錄的是普通話，我也就放心的應邀前往。就是在那次的訪談中，我認識了同為嘉賓的二樓書店老闆Y。Y蓄著鬍茬，使他看起來比我年長，當我知道他其實比我小半歲，確實有點驚訝。

「沒關係，妳就當我是妳大哥囉。」Y笑嘻嘻的說。

不只是說說而已，他確實像個兄長那樣的包容照顧我，頭一次吃飯，他帶我去九龍城的獅子石道吃越南菜，領略了特調魚露的美味，不管是米線、蔗蝦、春卷，都那麼清爽好滋味。當天氣漸冷，便又帶著我去了旺角一家北京館子吃涮羊肉，雖然不喜歡羊肉的氣味，但是那鍋羊確實一點也不羶腥。

當我結束了大學的工作，回到台灣而又返港，像個旅人那樣的四處閒逛，Y也總在處理完一整天的諮詢課程後，夜幕低垂時，問我：「吃不吃宵夜啊？」他會到我下榻的酒店來等我，帶我搭乘叮叮車，一路劃開東方之珠炫麗瑰奇的霓虹夜色，往港島的邊緣駛去，那時候地鐵還未通車到西環，整個氛圍都是張愛玲式的。

「吃過潮州打冷嗎？」坐在窗邊的Y如此發問，他的聲音散逸在風裡。

那是我頭一回走進打冷，玻璃櫃裡懸掛著滷水鵝、胭脂紅的凍蟹、橘色的碩大墨魚，我覺得自己像《神隱少女》的千尋那樣，走進了無比壯觀的食肆。而我們是來吃薄殼的，一種橢圓形的袖珍貝類，殼內的肉呈現水滴狀，含在嘴裡輕輕一抿，鮮香汁液便嘶進喉中。那時的薄殼盛在鋁盆裡，有點粗莽隨性的豪邁感。

「薄殼是有時限的，不是時時吃得到。以後妳暑假來，我帶妳吃薄殼。」Y必定會喝一、兩瓶啤酒，我們隨意聊起工作與生活的瑣事，他吃得少，津津有味的看著胃口很好的我，吃盡了盆裡的薄殼，連九層塔也吃得一乾二淨。因為薄殼是有時限的，從端午到中秋，因此，每當薄殼上市，總有來自Y的 E-mail 溫馨提示著：「暑假要來吃薄殼嗎？」有時候我和朋友一起去，有時候則是和Y的父親陳世伯同桌。

別的客人也許吃不到，但是Y會請老闆為我們預留，在周圍羨慕與遺憾的眼光中，滿足了我小小的虛榮。陳世伯雖然是長輩，卻全然沒有長輩的架子，他過著半退休的生活，去馬會游泳飲茶，不同的城市都有女朋友，可說是完全的做自己，相比之下，Y就沒有那麼恣意瀟灑了。

相識十四年後，再度返回香港工作，我連絡上陳世伯，請他吃飯。問他想吃什麼菜式？他說他記得我喜歡吃潮州菜，我們相約在銅鑼灣一間巷弄裡的潮州菜館，沒往西環去，因為我不認路，都是跟著Y走的。陳世伯蒼老了不少，他搭著我的肩，我扶著他的腰，一腳高一腳低的走進餐館。點完菜之後，世伯為我追加一碗白飯，他自己要了一瓶啤酒，彷彿回到往日時光。

「以前我不吃潮州菜的，是Y帶著我吃的。」我努力微笑的說。

「可惜這時候沒有薄殼了。」世伯微微嘆息。

「是啊，薄殼是有時限的……」我低聲說，突然的哽咽了。

原來，有些人的相知相伴，也是有時限的，不是時時見得到。

那時候Y因病離世已經一年，我還是無法接受，只要想到他，就會莫名落淚。世伯沉默著讓我哭了一陣，等我的情緒平靜下來，我們邊吃邊聊，聊著許多往事，跟世伯說起我與Y相遇的經歷，說起我們在香港或台灣每次見面時，發生的趣事，一邊說，一邊笑，我還陪世伯喝了一杯啤酒。好像吃著喝著，Y就會突然推門走進來，於是再加一個杯子，這個夜晚就完整了。

我在香港的工作時間只有九個月，日以繼夜的忙碌著，那也是我最後一次見到世伯，在冬夜的香港。是生離，也是死別了。

當Y離世時，除了死別的悲慟，今生恐怕再也不會在香港遇見這樣的知交，是我難遣的哀傷。那時候在香港工作，只要置身於街道或交通工具上，便會想起往事，我再也沒有去過潮州打冷，刻意將薄殼兩個字從記憶裡抹去。

然而，在Y離世十三年後的夏天，我為自己安排了香港簽書會，並且，對香港好友微若提出了一個請求：「可以找一家潮州打冷，一起去吃薄殼嗎？」

我沒想過自己還會興起吃薄殼的念頭，就像沒想過短短九個月的香港工作歷程，竟在生命裡留下深刻的印記。剛到香港的機構時，並不覺得自己會有新的邂逅，只是把事情認真的做好，把角色稱職的扮好。每一天的送往迎來，已成日常，而後遇見了微若。我知道她是不同部門的同事，偶遇時點頭微笑，並沒有交談。那是在深秋的維多利亞港邊，微若牽著女兒的手，望向我們主辦的海洋音樂祭會場，這裡的音樂與人聲喧囂鼎沸，我覺得她們那裡是安靜的，有著我所歆羨的清涼美好。我走了過去，和她打招呼，我們就這樣相識了。

原來她並不是我的讀者，不是因為閱讀了我的創作，對我產生好奇與興趣；她其實是因為我在工作時展現的姿態，說出的話語，才想要閱讀我的作品。對我來說，這樣的起點也很獨特。

我們有時結伴搭車，有時坐船，她常帶我去探秘境或是古蹟，品嘗美食，當我再度結束香港的工作，又成為四處閒逛的旅人，這些年來，為我領路的是微若。我以為不會再擁有的知交，畢竟還是遇上了。

因為疫情的緣故，睽違香港已經四年半，終於確定香港行程，微若也恰好從加拿大返港，「有沒有想去哪裡走走啊？」她像往常那樣問我。我們相識已經十二年，曾經牽在微若掌中的小女孩也即將成年了，歲月不會為誰停留，我們只能向前走。於是，我說出了一個解鎖式的願望：我們去吃薄殼吧。

餐廳是微若訂的位，我和旅伴搭著叮叮車，來到西港城，轉了幾個彎便看見潮州打冷，一式的懸掛起滷鵝、凍蟹，牆上紅紙寫著：「潮汕炒薄殼」，空氣裡彌漫著薄殼炒製的豉油蒜香。中秋之前，與往年一樣的焗熱八月天，而這條路竟然走了這麼多年。

滷水鵝肉質軟嫩柔滑，肉香沉蘊而不張揚，粉紅的色澤令人喜悅。由花蟹製成的凍蟹，美得如夏日霞光，緊緻飽滿的口感，透著隱隱酒香。炒薄殼盛在瓷碗而不是鋁盆裡，熱騰騰的香氣四逸，一放上桌，旅伴和微若都有點緊繃，我們各懷心事，默默進食。

微若說，她是因為我在書中寫了薄亮，才知道了這道菜，特意去品嘗的。

「我們應該敬這位好朋友。」微若突然舉起酒杯，啤酒閃著金黃色光芒，閃耀了我的眼睛。我知道Y也笑嘻嘻的入座了，我們一起舉杯相碰，微笑著，對這世間的情深情重說，謝謝。對舊雨新知說，謝謝。

對依然還在的薄亮說，謝謝。明年見。

星空下的蘋果卷

長大後的我們，也不見得都是甜蜜的果實，
經過歲月的炒製，加點酒、加點糖、加點檸檬的酸，
也能成為香氣四溢的蘋果卷。

黎明的紅色霞光一道一道的從機翼拉出來，原本漆黑的天空已經轉為靛藍，我的額頭抵在小小的窗上，貪婪而感激的注視著眼前的景象。已經好幾年沒有過的長途飛行，將我帶到地球的另一端，從現實逃逸而出的隨心與自由，是我此刻最需要的。

從台灣起飛的長程航班，常常都是子夜飛行，上了飛機，

胡亂吃點東西，可能連一部影片都沒看完，就睡去了。醒來要碗泡麵或三明治，再來杯加了鮮奶的奶酒，把之前沒看完的影片看完，又不支睡去。再清醒時，就著晨光吃完早餐，準備降落了。很喜歡這樣的節奏，精神飽滿的下飛機，稍事梳洗，便可以展開一天的旅程。

「去奧地利吧！」

半年前，我們四個固定旅伴，為深秋旅行該去哪裡而煩惱時，Wendy突然這麼說。

瞬間，大家都安靜下來，對於奧地利的印象只有維也納和莫札特，其他一無所知。然而，我們都沒去過奧地利，也找不到反對的理由，於是，便和旅行社連絡，詢問起飛機的航班與價格了。

旅程即將結束的最後一天，當我們在維也納乘坐馬車，像淑女名媛那樣的在大街小巷巡行，聽著得得的馬蹄，輕快而規律的悅耳聲音，我忍不住問坐在身邊的Wendy：「妳是怎麼想到要來奧地利的？」

「就突然想到，隨便說說啊。」Wendy聳聳肩回答。

原來如此，但，這真是個美好的靈犀。

睽違八年，再度踏上歐洲，維也納的第一餐，就是搭電車去吃「Salm Bräu」餐廳的午餐，這間熱門的餐廳在維也納大學音樂館附近，是以炸豬排和烤肋排聞名的，當然，還有啤酒。金黃炸豬排還沒上桌，已經嗅聞到焦脆的香味；烤肋排一點也不柴，令人吮指回味無窮。

關於異國的長途旅行，我有一種迷信，倘若第一餐就能吃得心滿意足，那麼，接下來也都會順風順水。後來想想，其實不是迷信而是定律，能在初來乍到的陌生城市，不踩雷的找到好餐廳，那就表示有人在出發前花了時間和心力蒐集資料，這次的導覽專員是Ying，她也預訂了所有的住宿與火車票。四人旅行團中，還有負責各地啤酒的研究調查員Kiki，與擁有神奇雷達感應美食餐廳的我本人，就這樣，師徒四人西天取經去了。呃，西方冒險去了。

排隊與不排之間

出發前有朋友建議我們可以順道去鄰國一日遊，像是德國、捷克、匈牙利、斯洛伐克等等，認真研究了路線後，我們決定還是心無旁騖的奧地利深度之旅就好。我們想逛市集、大學、公園、博物館，還想聽歌劇，尋找莫札特的足跡——其實是因為團員大部分都有點年紀了，比較適合沒有時間壓力的慢遊。

於是，我們有時候會坐在噴水池畔，仰著頭看白雲在藍天上的移動；有時坐在公園椅上，聆聽不知哪裡傳來的演奏聲；有時會對環城繞行的馬車夫與馬匹品頭論足，這些不都是奢侈的時光？沒有預期到的活動，就是排隊咖啡館。

維也納的沙河咖啡聞名遐邇，原本就在計畫之內，然而，每次經過都有長長的排隊人潮。不是吧？在台灣已經排了口罩、疫苗、快篩、雞蛋，到了歐洲還要排？然而，我在臉書上貼文宣告自己來到奧地利，並請粉絲推薦美食，便有七、八百則留言湧入，沙河咖啡館與巧克力蛋糕，更是以一種齊聲歡呼的姿態出現，終於將我們推向了長長人龍的隊伍中。

排隊的心情也是起伏曲折的，剛站在尾端時，前方那麼長的隊伍，感覺疲憊。然而十分鐘之後，發現身後也站上了一條人龍，心裡便輕鬆多了。最雀躍的並不是輪到我們，而是前方還有

一組人的時刻，只要他們移動往裡走，我們就是第一組了，我們終於成為第一組，再無阻擋了。

喝了咖啡不是心悸就是失眠的我，很快就發現在當地喝拿鐵完全不會影響睡眠，於是，在奧地利展開了短暫的咖啡人生。坐進沙河咖啡館，宛如宮廷般紅色絲絨沙發與牆面，華麗的燈飾，精緻的茶具，不由得舉手投足也文雅了起來。我們點了蘋果卷和巧克力蛋糕，吃起來感覺中規中矩，並沒有想像中的驚豔。備受推崇的巧克力蛋糕確實是很濃郁，只是有些難以言說的感受。

「感覺如何？」團員忍不住討論起來。

「太甜了，容易膩。」

「蛋糕體吃起來乾巴巴的，好像放太久了。」

「人家的特色應該就是這樣吧。」總要有人緩頰。

「我好想念紅葉蛋糕啊。」此言一出，獲得最大共鳴。

其實，在奧地利吃過的餐點，絕大多數都是美味的。我們買的是火車的頭等車廂，出發前可以去貴賓室休息。貴賓室準備了幾種飲料與可頌，還有蘋果或桃子。一杯熱拿鐵，搭配可頌與桃子或蘋果，就是剛剛好的早餐。

為了前往童話般的湖邊小鎮哈修塔特，我們在不遠處的巴德伊舍住宿兩晚。那裡原本只是個轉運站，卻在我們散步到特勞恩河畔時，流連忘返。河水被太陽曬成了一條流光，對面的屋子造型與顏色都不相同，正是在歐洲的明信片或月曆裡看到的景色。

我們在鎮上的皇家百年甜點店，吃到了非常美味的甜點，並且在哈修塔特的湖畔餐廳，度過了人在圖畫中的珍貴時光。

一上一上又一上

來到因斯布魯克，已是旅行的尾聲了，為了登上阿爾卑斯山巔，我們都準備了羽絨外套，想站在白茫茫的山頂上，拍攝天地之間只有我和皚皚白雪的意境照。為了上山，總共換乘三次纜車，「一上一上又一上，一上直到高山上。」唐寅的詩句浮上腦海，相當應景。然而，走出山頂纜車站的瞬間，我們站在呼嘯的風中，環顧四周，無法置信。所有的旅遊導覽或明信片，山頂都是白雪，據說是從不融化的，就算是夏季的炎熱融化了雪，已經十月了，也該下場雪了吧？陡峭的山壁碎石標示出曾經的冰河遺跡，地球暖化對環境破壞的急速與嚴重，已經超出了人類的預期。

我脫下羽絨外套，不想假裝寒冷了。

在環境浩劫的現場，上了一堂震撼課的我們，只能從美食獲得安慰。

按照旅遊指南的引導，前一晚在宮殿地窖餐廳用餐，雖然是大同小異的炸豬排、牛排或烤雞，卻多了當地特色的起司蛋麵Käsespätzle，看起來有點像麵疙瘩，吃起來卻是濃濃的起司味，所幸四個人分食，飽而不膩。在奧地利餐廳點菜並不困難，首先是服務生的英文都不錯，再來是手機上的翻譯軟體相當管用。坐下來後先點飲料，接著就可以好整以暇的研究菜單了。

這一晚，我們選了黃金屋旁的金鷹餐廳，服務生努力為我們喬了四人桌，夜晚的天空滿是星光，氣溫愈來愈低，順手將店家貼心準備的毛毯披在身上，緩緩享受晚餐，而後要了一個傳說中相當美味的蘋果卷。

來到奧地利已經吃過幾次蘋果卷，沒想到在這裡遇上了極品。六百年老店的熟成滋味果然不同一般，外皮薄而脆，內餡可以吃到蘋果肉與蘭姆酒的香氣，搭配肉桂味冰淇淋與新鮮蘋果片，灑了滿滿的白色糖霜才上桌。我們沒能遇見的那場雪，原來要在這裡相遇？

蘋果卷的內餡，選用的是酸味而非甜蜜的蘋果，經過炒製之後，微酸的口感才是最佳風味。長大後的我們，也不見得都是甜蜜的果實，經過歲月的炒製，加點酒、加點糖、加點檸檬的酸，也能成為香氣四溢的蘋果卷，被遇見的人衷心禮讚，永難忘懷。

雨季的夜宵，Stand by me

樂手用小提琴演奏的〈Stand by me〉。
我們共度生命裡三十一年的坎坷與挑戰，
這首歌根本就是我們的主題曲。

來到清邁的第四天，終於決定要到旅店對面的柴迪隆寺逛逛，過了中午，就要離開安靜的古城區，前往繁華的尼曼區了，竟然連一間寺廟都沒踏入。在這五步一小間，十步一大間的寺廟區，可能就因為習以為常，反而缺乏了一探究竟的興致。當然，也可能是曾為著名避暑勝地的清邁，如今已經變得太炎熱了，想到無所遮蔽的寺廟環境，便令人卻步。

「有沒有可能是因為出發的時間太早，所以一直懶懶的？」我問旅伴。

飛往清邁是早晨七點多的航班，凌晨四點起床時，天還沒有亮。在飛機上補眠卻沒能成功，因此，當我們推開旅館房門，清涼怡人的芳香氣息瞬間襲來，簡直是全身心的救贖。往昔放下行李的第一件事，就是出門奔赴景點或博物館，此刻放下行李的第一句話是：「可以先躺躺嗎？」

一轉頭，看見旅伴已經擺平，她說：「我也想要躺躺。」

於是，這趟旅途已定調：隨性。

來清邁是因為兩位好友不約而同的推薦：「去清邁真的很放鬆，很悠閒啊。」他們的結論是：「令人喜愛的地方。」但也有人警告：「清邁熱得要命，我四月去的時候，每天超過

四十度，一出門都是霧霾。」因此，得知清邁八月是雨季，反而感到嚮往，下過雨應該就清涼了？但我們只遇過兩場驟雨，恰巧是在餐廳吃東西的時候，雨很快就停了，我們躲過了雨，躲不過炎熱。三十幾度已經覺得悶熱難耐，無法想像四十幾度是什麼樣的地獄。

我們選擇在古城區停留四天三夜，為的是徹底放鬆，我問旅伴，妳最期待的是什麼？她說：「我想吃芒果糯米。」我說我最想做 SPA，泰式按摩舉世聞名，但是對我來說強度太大，精油 SPA 剛剛好。「啊，」我的旅伴說：「我沒做過 SPA 呢。」但她還是蒐集了網上推薦的按摩店，據說很受歡迎的「Let's Relax」就在附近，我們說著聊著，不經意的一個轉角，按摩店便出現了，如同聽見召喚一般。我推門而入，順利預約了當晚的 SPA，我們已經覺得想預約就能如願是很幸運的事了。SPA 過後，坐在休息區喝花草茶，服務人員送上芒果糯米的那一刻，簡直要歡呼了。

乳白色的糯米軟硬適中，散發著濃濃椰香與淡淡甘甜，搭配熟成芒果，甜而微酸的果肉飽滿，根本就是被按摩耽誤的甜品店。我們坐在沁涼舒適的空間裡，剛剛被體貼的手勢鬆弛過的身軀，品嘗著如此豐美的食物，再度感覺到生而為人的幸福。我轉頭望向神情愉悅，全身彷彿有著柔和光暈的旅伴，輕聲的說：「生日快樂喔。」是的，這正是旅伴的五十歲生日。

出發前就聽說泰國大麻已經合法了，放眼望去，許多餐飲店、超商、服飾店，都掛起大麻葉的招牌，遍地開花的情況，比起荷蘭有過之而無不及。但我完全沒有興趣，因為，我已經有了足夠的快樂。

在一家叫做「See You Soon」的餐飲服飾複合店，點了一份打拋雞、一碗冬蔭功湯，再加上芒果優格和酪梨優格，就是剛剛好的晚餐了。打拋雞沒有加入小番茄，是乾炒的方式，辣椒激發鑊氣噴香，雞肉口感一點也不柴。我努力辨別打拋葉與九層塔的不同，可惜沒能成功。至於那碗湯，真是我喝過最美味的冬蔭功了。我猜想，是廚師將椰漿拿捏得恰到好處，冬蔭，指的是酸與辣，功，指的是蝦。適量的椰漿安撫了舌尖因辣與酸而起的強烈刺激，討好了味蕾，令人貪婪得停不下來。

第三夜走回旅館時，偶一抬頭，看見了柴迪隆寺內的一棵巨木，在燈光照射下，昂然挺立，我們停下腳步，帶著敬畏之心仰望它，因著一棵老樹的召喚，終於決定，明天離開古城區之前，應該進去看一看。

收拾好行李，準備離開古城區之前，踏入了柴迪隆寺。雖然每天從門口經過，卻不知道寺裡如此深廣，許多佛塔古蹟，其中最著名的是蘭納式建築，宛如吳哥窟風格。藍天白雲之下，拍攝的每張照片都像明信片，實際的狀況是炙熱的陽光像無數尖利的小牙，囓咬著每一吋肌膚，怎麼都逃不掉。直到我們來到通風良好的臥佛殿。金色的巨大臥佛側身安詳睡著，難以入夢的人該有多麼羨慕。剛走進這裡便覺陰涼，周身因咬囓而生的痛楚瞬間消除，徐徐微風安撫身心，我覺得自己可以在這裡坐一整天。轉頭卻發現，殿旁一個身材豐腴的中年女子，旁若無人的枕著臺階，與臥佛一模一樣的姿勢，沉沉睡去。遊人的喧譁，孩子奔跑呼叫，都不能驚擾她，萬事萬物拋身外，這是一尊女臥佛啊。

從古城區去到尼曼區，情調完全不同，就像聽慣了爵士樂，突然被搖滾樂嚇了一跳。車輛與人潮倍數增生，華麗的夜市綿延整條街，購物中心的燈光璀璨。走進「尼曼一號」，已過了午餐時間，隨意亂逛，看見一家中式餐廳「謝桐興酒樓」，能開在這樣的兵家必爭之地，必然不俗，值得一試。坐定了才發現竟是米

其林餐廳，水煎包最驚喜的是底部薄脆焦香的麵衣，欖菜四季豆的表現不錯，反倒是獲得米其林的潮州炸蟹棗，品嘗之後，未能找到亮點。

我們的亮點出現在意想不到的地方。第一次喝到現剖椰汁就驚豔的旅伴，指著菜單上的新鮮椰汁，我點頭：「來兩個，一人一個。」遇到新鮮椰汁，我是絕不錯過，絕不分享的，必須獨占。椰汁送上來時，我們都有點懵，這不是一整顆椰子，而是盛在大碗裡，雪白的球形物體，就像一捧白雪。過了片刻，才會意過來，原來是將椰子的外殼脫去，完整保留質地柔軟的椰肉與內部的椰汁。「嘩！」我們在讚歎中品嘗，椰汁的甜度很高，香氣從口中流洩進入鼻腔，這是此行中飲用到最頂級的椰汁，它的形、色、味、氣息，都是絕無僅有的。

本以為這次清邁之旅沒什麼購物衝動，然而，來到尼曼區的商場，看見那些手工刺繡的包包、帽子和衣裳，我就知道自己肯定失守了。逛街不累，停下腳步的瞬間便覺疲憊。天黑以後，還不想吃晚餐的我們，又進了尼曼區的「Let's Relax」，享受物美價廉的精油SPA。我記得前兩天在古城區曾對旅伴說：「為什麼大家都把清邁說得那麼好？我有點無法體會呀。」然而，在精油的乳香氣味包裹中輕輕闔上眼，我已經完全可以體會到這座山城的美好，在即將離去的此刻。

下過一陣雨的市集廣場有些涼意，從按摩店出來，已經夜晚十點半了，我們在攤子上點了簡單的雞肉蔬菜冬粉湯，作為夜宵。湯底清爽，加入大白菜、雞肉與蛋花，冬粉湯相當可口。夜幕低垂，我們找到矮桌矮凳，與稀落的人們一起聆聽，樂手用小提琴演奏的〈Stand by me〉。旅伴Jia十九歲那年遇見我，而後，我們共度生命裡三十一年的坎坷與挑戰，這首歌根本就是我們的主題曲。

把最後一滴湯汁喝乾，滿足的嘆息，今夜的我與Jia，都能享受毫無罣礙的無憂睡眠吧，就像那尊女臥佛。

山海驕陽折起來

這些孩子們也像高麗菜卷，
要經過時間的溫存才能柔軟，才能在剝取時不致破碎。

忽然醒過來，這是我最喜歡的都蘭早晨，賃居的民宿莊園中，充滿了鳥鳴的喧鬧。雖然只是在島嶼的東方，對我來說，每一次的都蘭之旅，更像是離境出國。街上隨處可見的歐美人士；穿著比基尼夾著衝浪板的辣妹；緩慢的生活步調；宜人的物價，被稱為都蘭國，真是其來有自。

我和夥伴們上午九點從台北出發，取道蘇花改，一路東行，

在花蓮停留，吃了午餐，繼續上路，除了上廁所，幾乎沒有耽擱，抵達民宿時，已經是下午五點了。

「每一次來都蘭，都覺得應該常常來。真的走一趟就會覺得，實在太遠啦。」我用一種老人家的口吻說。

這一次，我們五位夥伴，還帶著芸惠老師的六歲小兒襪襪，長途跋涉，為的是與都興教會合辦四天的公益營隊，陪伴當地孩子的寒假時光。都興教會的玫君牧師，搬來都蘭之後，已經照顧了許多學習或家庭功能出現狀況的孩子，我們也只是錦上添花而已。

除了課程的安排以外，將近三十個大人、孩子的午餐，也是浩大的工程。報到第一天，就見到了年輕藝術家東翰，他不僅要為孩子上手繪課程，還是午餐主廚。

「有什麼食材需要我們去買嗎？」想到那麼多人吃飯，尤其是那些正在發育的少年、少女，便感到焦慮。

「不用不用。」以主廚來說實在有點帥的東翰笑著說：「我們有二十顆高麗菜，都是人家送的，要把它們消化掉。肉類也有很多，不用擔心。」

二十顆高麗菜啊，果然以各種變化出現在午餐的菜檯上。

二十顆高麗菜啊，如果可以做成高麗菜卷，應該很不錯。多年前我曾寫過〈玻璃化為煙羅紗〉，描寫製作高麗菜卷的過程：「一片片放進熱水裡，燙得更透明而柔軟，像一疋煙羅紗似的綻著光澤，將肉捲進去，成一個個小春卷，再放進鍋裡大火隔水蒸。」

但我後來不再做高麗菜卷，除了嫌麻煩，也因為剝下葉片的時候，力道不對，葉子就破碎了，失敗率挺高的。雖然不斷想到高麗菜卷，但我什麼也沒說。

第二天的課程開始前，照例去廚房與東翰打招呼，赫然發現備餐檯上堆疊著累累的高麗菜卷，我驚呼：「我昨天才想到這個，今天就出現，太神奇了。」一東翰說他昨晚就開始製作了，因為這道料理需要時間。比起大火快炒的肉類和青菜，這真是大費周章，太耗費心力了。除了高麗菜卷，當天還有高麗菜烘蛋、炒香腸、碎肉咖哩醬與清炒高麗菜，對於我這種信仰「民以食為天」的人類來說，能好好吃飯的一天，就是幸福的日子。在都蘭的每一天，都很幸福。

等到孩子們取完餐，輪到大人時，許多菜盤已見底，但，我的重點是高麗菜卷，胖嘟嘟的菜卷，乖巧的在盤中等候，我用夾子夾起來，沒有破損，表示它的韌性依然。被薄薄的醬料裹著，閃著光亮。一口咬下去，葉片果然柔軟，葉梗竟然還是脆甜的，內餡的絞肉有鮮美的汁液流出。

東翰正捧著飯碗從我面前經過，事不宜遲，立刻攔住他的去路，向他詢問料理秘笈。雖然才剛認識，卻毫不客氣，就像是在江湖中偶遇的兩位俠客，白髮長鬚的長者，向身法宛若遊龍的年輕人問道：「少俠好身手，剛剛使出的不知是何門何派的武功？令人讚歎不已啊。」東翰少俠毫不藏私，傾囊相授。彼時，一陣緊似一陣的雨勢已收束，天色漸漸亮起來了。

營隊的午餐與午休時間，差不多有兩小時，大一點的孩子在籃球場呼嘯奔跑，除了本地生，還有台北、雲林、花蓮等地，特地前來共聚一堂的孩子，他們不用手機或平板，一顆球就能把大家的心牽在一起，彷彿相識已久。襪襪和年紀小的孩子騎車或踢球，兩天以後，他的皮膚就和都蘭的孩子一樣，晶亮的可可色。有些愛閱讀的孩子，待在教室裡被繪本與有趣的書籍環繞，像入了定一般。芸惠是經驗豐富的課輔老師，把正在球場上跑得汗流浹背的孩子叫進來，大家一起寫寒假作業，老師則從旁輔助。

也是在輔導作業的時候，我認識了一個女孩，聽到一則感人的故事。那女孩有著一張蜜桃似的臉孔，被東部的太陽曬出熟成的緋紅色，她的眼睛細長微彎，初次見面，聽我介紹自己，她便露出甜美的微笑。上課期間，每當我與她目光交會，她都那樣甜笑著，讓我從心裡暖起來。女孩讀完了一本書《小東西》，卻不知道該怎麼寫大意？書中有著小杯子、小湯匙、小紐扣這些小物件，而她最喜歡的是小湯匙的故事。

「假如我沒時間讀這個故事，妳想說給我聽，在短短的時間內，妳要怎麼說呢？」我想讓她自己試著說，而不是我說給她聽。

她有些靦腆，怯生生的開口訴說，有個地方的人們發現，他們丟了東西，不知道被誰偷走了，他們丟的都是小湯匙，後來人們發現，偷走湯匙的原來是一隻貓咪。當她漸漸沉浸在故事之中，自信慢慢升起，我感受到她想把故事說好，希望我也能喜歡這個故事。為什麼貓咪要偷人家的湯匙呢？原來是因為牠以前的主人都用湯匙餵牠吃飯。以前的主人啊，再也找不到的主人，貓咪只好尋找一個又一個湯匙，希望能把主人找回來。這真是個悲傷的故事。

「妳說得很好呀。」我輕聲說，「就這樣寫下來吧。」

她點點頭，微笑著說：「謝謝老師。」那時的我們被一個溫柔的粉紅泡泡包圍著，誰也不想把泡泡弄破。

後來的兩天，上課時她都到得特別早，空盪盪的教室裡，我們有一搭沒一搭的聊著。每天早晨起床，我會披衣下樓，開了罐頭到民宿院子裡餵那隻剪耳虎斑貓，貓咪總是一邊哈氣一邊撒嬌，把盤子裡的罐頭肉吃得一乾二淨。我想，以後餵食浪貓應該都會想起女孩。「她是我的貼心小棉襖。」我對夥伴們說，她的笑容可以治癒一切煩惱。

轉眼來到第四天，也是最後一天的課程，女孩來到我身邊坐下，她輕聲對我說：「我媽媽是越南人喔。」

「是喔？妳去過越南嗎？好玩嗎？我好喜歡吃越南料理，妳好幸福，想吃就可以吃……」

和女孩聊完後，我對牧師說，女孩的媽媽是越南人，真的看不出來。班上有歐洲、美國和印尼的混血孩子，明顯可以辨認。牧師告訴我，女孩在學校是大姐大，會揪人去打架，是個讓老師頭痛的孩子，所以才由牧師輔導。我感到心中酸楚，就像聽到她講小湯匙的故事那樣。她明明就是個溫柔、有禮貌又充滿情感的少女啊，或許是因為她的出身，讓她在群體中感到孤獨，為了自

我保護，宣洩內心的情緒，她才武裝自己的吧。

這些出現狀況的孩子，其實都是可以教導的，善良的孩子。第一天開學時，大家都把鞋子脫在門口，堵住了進出口，還會絆倒人。我對他們說，鞋子要收進旁邊的鞋櫃裡，環境整潔，又能保護大家。自此之後，門口再也沒有鞋子了，他們聽進去，他們做到了。

吃高麗菜卷那天，所有人都吃飽後，我發現廚房裡有幾個盛滿食物的碗，應該是孩子們吃剩的，經歷過物資匱乏的年代，心中那根敏感神經被拉扯，感到尖銳的刺痛。我拿起手機拍照，默默離開。前一天，我們已經替許多孩子清理他們吃不下的午餐，這一天，更多吃不完的食物被浪費了。

第三天上課前，我先讓他們看那張照片，然後對他們說：

「我不想跟你們說，世界上有多少人在挨餓，每年有多少小孩因為營養不良或飢餓而死亡。我只想告訴你們，我們吃的每一餐飯，每一口食物，都有許多人的付出與用心，是不應該任意浪費的。」我告訴他們，東翰為了製作菜卷，前一天就要先將整顆高麗菜放進鍋中蒸軟，才能一片一片剝下來，而不致破損。把調好味的絞肉包進葉片裡，小心折疊好，再放進蒸鍋蒸熟。接著還要調出醬汁，試了好幾款，最後才選定既增添風味又不會太強烈的醬汁。

「我們浪費的不只是食物，還有那麼多人對我們的付出。」

孩子們都很安靜。而後，他們再也沒有吃不完的食物。幾個孩子甚至在吃完飯後，把乾淨的碗展示給我看。我對他們比出手指愛心。

這些孩子們也像高麗菜卷，要經過時間的溫存才能柔軟，才能在剝取時不致破碎，再將山海的風與豔麗的驕陽一起折疊進他們的成長中，終於長成美味的大人。

離開那天的早晨，我依然開了罐頭餵貓，貓還是一邊哈氣一邊撒嬌的喵喵叫，放下盤子時，牠並沒有立刻去吃，而是很迅速的用鼻子輕觸我的手指，溼溼涼涼的。我知道，這幾天並不是沒有意義的，可以為愛付出，是很喜悅的事。

小魚是魚，大魚也是魚

能夠做一件以前做不到，
現在能做好，還能為人帶來快樂的事，
真的很幸福。

初冬時分，菜市場裡總有炸好的大魚頭，一整排列隊排好。

老闆站得高高的，有種君臨天下的氣勢，一邊吆喝著：「剛剛出油鍋，熱騰騰的好吃魚頭喔。賣完就走人，快來買！」我擠到攤前，對著魚頭們仔細端詳，終於看見一個對眼的。

「老闆，這顆多少錢？」

「算妳便宜，五百五啦。」

老闆拎起魚頭準備裝袋，我才發現，那不是一顆，而是半顆魚頭。

「等一下，我換這顆大一點的。多少錢？」

「這顆七百呦。」

其實，真的只有大一點點而已，而且依然是半顆。

這都已經是幾年前的事了，如今，魚頭老闆的半顆魚頭，動輒八百到一千二。煮個砂鍋魚頭明明只是庶民層級，怎麼會如此昂貴？我只好遺憾轉身。

轉身之後才發現，市場的另外一邊，有位阿伯用著大油鍋現炸雞腿、雞翅、吳郭魚與大魚頭。而且不是半顆，是一整顆，炸得酥香，金黃色澤的大魚頭。我惴惴不安的指著魚頭問：「這個怎麼賣？」

「這個七百啦，小一點的六百喔。」
我的眼睛瞬間亮起來，聲音也變得高昂：
「不用小一點的，就這顆七百的就好。」
買到一整顆七百元的大魚頭，我覺得自己是個精明的主婦，忍不住沾沾自喜。接著就要採買魚頭鍋的配料，冬天的大白菜是最好的，飽含水分與甜味，久煮不爛。但實在很沉，提著這些配菜，將我的手臂狠狠勒出一條條紅色的凹痕。但想到嗷嗷待哺的工作夥伴，便生出了無窮的氣力，家中負責炊食的主婦或煮夫，大概都是這樣的超人吧。
最初在小學堂煮食時，只有一個大湯鍋，能夠發揮的餘地有限，只能燉個湯，煮個大鍋菜之類的。但是，燉煮砂鍋魚頭的時候，確實無法便宜行事。我的作法是先將切絲的酸菜與蒜片一起下鍋去炒，炒出香氣也讓水分蒸發，接著便放入豆瓣醬，據說豆辦醬得在油中炒過，才能釋出鹹香辣味。不同於父親過往料理魚頭的清淡白湯，我還加入番茄一起炒，因為對小木耳的偏愛，也不忘擱上一把，有時還會放入五花肉片。發展至此，已經是一道開胃佳餚，但它只是序曲。

重點是將大白菜梗下鍋翻炒，而後放入白菜葉炒軟，加入高湯，淹沒菜餚，慎重的將魚頭與凍豆腐一起放上，便可以蓋上鍋蓋燉煮了。煮好之後，上桌之前，還會將茼蒿下鍋燙一下，並灑上蒜苗。

夥伴們對於我可以在湯鍋中分門別類的翻炒與燉煮，感到嘖嘖稱奇。

「怎麼能夠做到呢？」

「還不是為了吃。」我據實以告。

現在當然不必那麼克難了，我已經有了中華炒鍋、平底鍋、砂鍋，和各色不同尺寸的鑄鐵鍋。最妙的是，新型電子鍋是夥伴送我的生日禮物，煮出來的飯總是令人滿意，但我忍不住想問：

「我的生日禮物，為什麼是電子鍋？」

「還不是為了吃。」夥伴笑著說，而我無話可以回應。

一位年輕夥伴問我：

「我們吃掉了魚頭，魚的身子去哪兒了？」

我想起父親還在主理家中炊事時，他總是買回一整條鰱魚或草魚，上半部剁下來燉砂鍋魚頭，下半部切片沾粉炸來吃。我很喜歡砂鍋魚頭，炸魚片的細刺卻很困擾。我問過父親：

「為什麼不直接買魚頭就好？魚肉刺那麼多。」

「整條魚比較划得來，光買魚頭太貴了。刺多就要有耐心，用舌頭慢慢感覺刺在哪裡。」

父親那一輩的人追求的是划得來，而我只要真正想要的，

並不去想是否划算的問題。父親活了將近百歲，這一輩子從來沒有被魚刺卡到過，因為他緩慢的細細探索每一個危險的可能，趨吉避凶。而我漸漸不被魚刺困擾，是因為我懂得選擇刺少的魚類，就像是為自己打造一個安全友善的生活環境，可以自在的過生活。

原本偶爾下廚的我，在疫情期間，為了讓夥伴們吃得安全健康，只好經常性的下廚，真的是校長兼掌杓。為了加強小學堂的防疫工作，特別請了多年前的學生，也是好友小白來駐堂，為師生們量體溫，噴酒精。這位防疫大使看我在課堂與廚房之間忙碌奔走，自告奮勇的表示願意幫忙。此言一出，空氣突然凝結，場面有點尷尬，原因無他，小白自小到大沒進過廚房，如假包換的「連開水都不會燒」，她覺得開瓦斯是一件非常危險的事，可能引起爆炸。

「如果是洗菜呢？妳覺得可以嗎？」我的原則是，只要有人想幫忙，一定要找事讓他忙。

小白拿起一把菠菜，遲疑片刻，而後問道：

「洗菜的時候，這個根要去掉嗎？」

聽到這裡就明白，從來沒進過廚房原來是這樣的。看起來我們還有一段好長的路要走，真的是一日為師，終身為，師。

手把手教會洗菜與摘菜，終究沒讓小白碰爐子，趕著上課的某一天，砂鍋裡燉著雞湯，我對她交代：「差不多再半小時，關火。妳可以嗎？」

她說應該沒問題，我便離開了廚房，她本來安著小心思，要關火的時候，隨便找個夥伴幫忙就好。誰知道那天上上下下都在忙，找不到一個幫手，萬般無奈之下她只好硬著頭皮，全身緊繃，抱著必死的決心，關了火。

沒有爆炸。

這一天非比尋常，是小白一生的轉捩點，人生重要的里程碑，她憑藉一己之力，完成了關瓦斯的壯舉。而後，開瓦斯也解鎖了，我送了她一個卡式爐，作為獎品。從此，她終於在電鍋料理之外，晉級到了另一個境界了。廚房裡的事，她參與得更多，而且積極向學，樂於嘗試。教她正確的握鏟方式的某一天，我突然對她說：

「其實我覺得妳滿有潛力的，在料理這件事上。」

小白像被觸動，她反射性的問我：

「老師，妳說的是真的嗎？」

我並不想給她壓力，這句話說得似乎太輕率，但這確實是我的感受。小白意味深長的望著我說：「好。謝謝老師。」

兩個月後，她報名了烹飪班，準備考丙級廚師證照。不怕刀割，不怕油烹和燙傷，全力投入，一次又一次的學習和實作，看著她信心滿滿，意志堅定，我有了新的擔憂，萬一沒考上，該會是多大的打擊？

然而她考上了。看她穿著廚師服，戴著廚師帽，那樣專業的形象，真的令我熱淚盈眶。

小白知道我不擅殺魚，清理內臟，自告奮勇說她可以擔當。她說她還會片魚，練了好久。那天我買了一條大鱸魚回來，準備料理酸菜豆腐魚，一見到魚，小白往後倒退一步，頗受驚嚇。

「這麼大一條？我沒片過這麼大的魚，以前都是小小的。」

我對她講了一個小故事，古代有個員外生了個兒子，六、七歲了，一個大字不識，無奈只好請了很厲害的教書先生。教書先生花了半年，總算教會了一個字：「一」。員外喜出望外，在家

中大宴賓客，當著所有人的面，在白牆上寫下大大的「一」，問兒子這是什麼字？兒子看了半天，搖搖頭說：「不認識。」教書先生崩潰了：「怎麼會不認識？這不就是『一』嗎？」兒子哭起來：「這不是『一』，『一』沒有這麼大！」

「下手吧，小白。小魚是魚，大魚也是魚啊。」

「好。」廚師小白下了決心，也下了刀。

她先將半邊魚身從骨頭上片起，再將魚翻過來，我問：

「已經片起來的魚肉，不用先切下來嗎？」

「不用，要讓它墊在下面，比較好操作。」小白回答。

這就是專業，廚房裡的事，不再是我教她，而是她教我。

我們合力完成了酸菜鱸魚豆腐煲，先用蒜片、薑片與乾辣椒熗鍋，接著炒香酸菜梗和葉片，再加蔥白段，加入高湯和板豆腐燉煮，調味之後再放已經醃好並勾芡的魚片、蛤蜊與清酒，灑上蔥綠和已經煮熟的毛豆，就大功告成了。

夥伴們津津有味吃著午餐時，我對大家說：

「今天的魚片，是小白的傑作喔，沒有她，我做不到。」

在此起彼落的讚歎聲中，小白笑得很靦腆，也很幸福。能夠做一件以前做不到，現在能做好，還能為人帶來快樂的事，真的很幸福。

火鍋的美善戒律

和熟悉與喜歡的朋友一起吃火鍋，是有意義的。一起吃火鍋的人，在歲月中做出篩選。

「媽媽，今天這麼冷，我們吃火鍋好嗎？」明明已經是春天了，冷氣團突然報到，我對剛剛起床的媽媽說。

八十八歲的媽媽雖然罹患認知症已經七年了，但她依然有很好的胃口，多半的時候，也對生活充滿興高采烈的情緒。聽到我提起火鍋，她立刻點頭。我告訴她，會準備她愛吃的芋頭、豆皮和粉絲。「別忘了玉米喔。」她提醒我，那是她最喜歡的食物，只要玉米夠甜，她就會心滿意足的笑得像個孩子一樣。就連對飲食很難滿意的爸爸，聽到吃火鍋也是沒有意見的，若給他一點蒜泥，就能讓他食慾大開，有時甚至吃過量了。

　　吃火鍋的經驗開啟得很早，我記得是在一個煙霧彌漫的房間，鋪著紅色桌布的大圓桌，桌面上滿滿的擺著豆腐、生肉片、綠色蔬菜，桌子中間架著一個紅銅火鍋，中間高高凸起一根象鼻子，下方有個洞，白白的炭灰落下來，我嗅聞到濃濃的木炭焦味，有點嗆人。大人一邊調整火候，將象鼻上的小蓋子蓋起又打開，一邊問著：「窗戶開了沒有？小心一氧化碳啊。」

　　好像是在過年期間，跟爸媽去朋友家拜年，他們約好了要吃涮羊肉。大人忙進忙出，我們幾個孩子就在客廳裡吃糖果、瓜子、寸棗和糖蓮子，等到火鍋煮沸了，才被吆喝著來吃飯。我和同伴們肚子裡塞滿了零食，根本不餓，只顧著玩，爸爸涮好肉，沾了醬料塞進我嘴裡，我含在口中不過三秒便吐出來，「有怪

味，好難吃。」這是我頭一次見識到羊羶味，並且知道，那是我不喜歡的氣味。但我依然對吃火鍋的陣仗感到歡喜，這種團圓的氛圍很溫暖。

無法忍受羊羶味這一點，是遺傳自媽媽的，因為爸爸完全沒有這樣的問題，他覺得羊肉營養又美味。

小時候家裡的火鍋是北方口味，涮牛肉或豬肉，沾醬則少不了芝麻醬、腐乳和韭菜花。念五專時認識了福州同學小珠，跟著她去圓環一帶吃了沙茶火鍋，從此移情別戀。最愛煮得將化未化的芋頭，在沙茶醬裡滾幾回，而後入口的綿密鬆軟，芋頭自帶甜香，沙茶碟裡的醬油、蔥花和一點紅辣椒，襯托出多層次的滋味。

到了研究所時期，正好流行石頭火鍋。高級的韓式石頭火鍋店還有Piano Bar，在小隔間裡吃完火鍋就被領到燈光昏暗，氣氛很好的Piano Bar，聽現場演唱，面前還有一個大大的，噴著白煙的水果盤，以及甜點與酒水飲料，所費不貲。我的五專好友Debra從事貿易工作，她常慷慨的帶著我「見世面」。第一次出書時，我對她發下豪語：「如果我的書再版，換我請妳來吃火鍋。」她格格的笑著，哄小孩一樣的說：「好啦好啦。」我知道她很清楚就算真的再版，版稅也很微薄。《海水正藍》再版好幾次，半年後登上暢銷書榜首，她才答應讓我請客。

更多時候和同學們相約，吃的是自助石頭火鍋，小紅莓或是松江都很有名，我們吃的是在師大附近，更物美價廉的火鍋。我曾經教一位韓國同學中文，她請我去家裡吃過大醬湯飯，我想回請她，問她想吃什麼？

她說想試試石頭火鍋。「咦？韓國石頭火鍋，妳應該常常吃到呀？」

「沒有沒有。」她告訴我：「我們沒有石頭火鍋。」

這個訊息真的令我大吃一驚。

吃石頭火鍋時，韓國朋友告訴我，這樣的石鍋韓國確實有，但這樣的料理方式卻是台灣人自己發明的。先用麻油炒出鍋底，蒜末、香菇、紅蘿蔔絲、一點辣椒粉，我還指定要加入乾魷魚和蒜苗一起炒，濃烈的香氣立刻噴湧而出。接著將豬肉和牛肉片一起炒香，再加入高湯與其他食材，稍稍煮滾就可以吃了。吃完石頭火鍋，全身都帶著特殊的氣味，但我不以為意，這就是我最喜愛的滋味了。

許多人吃火鍋是不吃飯的，年輕時的我不但要吃飯，還能配著火鍋吃很多飯。一起吃鍋的朋友感到詫異：「妳可不能跟男朋友一起吃火鍋呀，妳這個食量會把人家嚇跑。」於是，每次與人交往，我就指定吃火鍋，毫不掩飾的大快朵頤。如果會被我的食慾嚇跑，那就早點跑，我並不想假裝小鳥胃。

「看妳吃東西會覺得人生很美好，每個東西都好好吃。」有個交往對象這麼說，他說他沒胃口的時候就想跟我吃飯。後來他的胃口漸漸恢復，想跟其他女人吃飯了。

二十幾年前，我和一群年輕作家一起創作與生活，宛如家人那樣親密。跨年的夜晚，他們從四面八方而來，齊聚我家吃酸菜白肉火鍋，酸白菜是父母的東北老友自己醃的，一個大水缸，一塊沉沉的大石頭，每年要醃上十幾顆大白菜，總有我們家的一顆。為了跨年火鍋聚，父母親從前兩天就開始煎蛋餃、炸川丸子，跟肉舖老闆訂上好的五花肉片。當天更是一早就去菜市場買回食材，該洗該切的都準備好。夥伴們黃昏進門時，長長的餐桌已經擺上了滿滿的食材，還有父親調製的芝麻醬、腐乳醬、韭菜花、醬油、醋、蔥蒜和辣椒。

那些年的跨年夜都很冷，大家聚在桌邊享用美食，一邊訴說著一年來的經歷與心事，說到好笑的事便笑個不停。即便過了這麼多年，我彷彿還能看見餐桌上的人們，注視著彼此的眼神，笑到喘不過氣來的瞬間，他們也都是中年人了，這樣的火鍋聚不會再有，對我來說，卻是心上最特別的跨年之夜，不是之一，而是唯一。

和熟悉與喜歡的朋友一起吃火鍋，是有意義的。一起吃火鍋的人，在歲月中做出篩選。需要吃大量丸餃類的，就是無緣的人。我喜歡吃原型食物，火鍋裡放入大量蔬菜、菇類、豆腐、豆皮、木耳和肉類，對我來說是最理想的。對於丸餃類的疏離，緣自於一次深刻的經驗。

自從有了小學堂，冬天裡不知道吃什麼好，夥伴們就會準備一個火鍋，放在爐子上，有空檔的人便熱來吃。有一回，夥伴對我說，今天的火鍋特別好吃，湯頭好甜，她喝了好幾碗。

「這麼好吃啊？放了什麼高湯？」
「沒放高湯喔，是不是很神奇？」
我打開鍋蓋，看見神奇火鍋裡滿滿的市售丸餃類，各種形狀與顏色，舀起湯來嘗了一口，恍然大悟，根本不需要高湯，因為丸餃類滿滿的添加物，已經讓湯頭極度鮮美。這真是細思極恐，於是告誡夥伴們，不要再吃滿滿丸餃的火鍋了，一起來吃原型食物吧。
這也成為了我的火鍋戒律，我們應該知道自己吃進身體裡的是什麼？這也是善待自己的方式吧。
雖然用了熬煮的湯頭，然而，確實比不上丸餃湯頭的效果好，因此，得在美感上再度提升。父母的東北老友已經離世，我買過酸白菜湯頭來煮火鍋，發現固然是酸的，卻有種銳利感。於是，找到了傳統醃成的酸白菜，它的酸味很溫和，湯頭回甘，葉片脆脆的，和以前吃過的差不多。天冷的時候，為夥伴們裝上一個砂鍋，一層白菜，一層酸白菜，再將五花肉捲起來，一片片的堆疊在中間，像粉紅色玫瑰花。幾段青蔥，讓火鍋看起來精神飽滿。

這就是我的火鍋美善戒律，冬日裡的小小筵席。

父親九十幾歲，特別畏寒，中醫師囑咐他多吃羊肉。這下可為難了，我告訴印尼妹妹阿妮，我不在的時候就去買羊肉爐給爺爺吃，若奶奶不吃，就幫她煮碗麵。沒想到父母都吃得很開心。「只要不告訴奶奶吃的是羊肉，她就會吃得很滿意喔。」罹患認知症的媽媽連口味都改變了，雖然她還是口口聲聲的說，不吃羊肉，羊肉太羶了，卻開心的大口吃肉喝湯。

我有點小小的寂寞，現在，只剩我不吃羊了。然而，媽媽的

人生大開展，卻又令人開心。不知道未來的某一天，當我也成了認知症患者，連火鍋是什麼也不記得的時候，會不會有曾經一起吃火鍋的朋友，溫柔的告訴我，屬於我的火鍋美善戒律？

回到部落看星星

下一次，當我回到部落看星星，
我知道會有一顆最明亮的星星，是專屬於他的。

那是疫情爆發的初春，為了我的生日，相識二十六年的好友Rain安排了一次山中的旅宿，相約到南方的部落悠閒度假。車子朝向阿里山出發，搖下車窗，脫下口罩，潤澤的清風，山野中的氣息，讓我們可以放心的大口呼吸。在城市裡搭電梯、搭乘大眾運輸工具、走進密閉式空間或是人群聚集的地方，總是小心翼翼的戴著口罩。當我連續三天戴著口罩在小學堂上課，第三天半夜竟然被魘了。

夢中無法呼吸，心裡極其懼怖，彷彿被拖進一個深不見底的黑洞，心中洞明卻無法清醒，費力掙扎，叫不出聲音。當我終於掙脫醒來，冷汗涔涔，心臟像要爆裂開來一般痛苦。此刻，山路一個轉彎，樹影遮蔽了陽光，下一個轉彎，光亮大片的曬進來，我感到如此鬆弛。

從高鐵站出發，約莫一個半小時，車子駛進來吉部落。部落的建築依山勢走，多半是平房，或是兩層樓的小洋房，每一戶都有整理得清幽美麗的花園，房舍錯落在山林，一幢與一幢之間，保持一點距離，又有著守望的相親。或許因為日照充足，花園裡的各種花卉生長得欣欣向榮，色彩繽紛。

部落裡有許多有機農場，各種花色的貓咪瞇著眼、蜷著身子曬太陽，看見人也不閃避。午後的黃狗朝人吠了幾聲，而後像是盡了責任似的趴下來安靜了。一隻毛羽光澤的母雞，咕咕的大踏步走來，作為一隻寵物，牠是很神氣的。我望著那一片竹林，聆聽著風吹過發出沙沙的聲音，有一瞬間真的以為自己來到了桃花源。

民宿主人是位鄒族藝術家不舞，莊園裡陳設了許多她設計的山豬藝術品。準備入住時，不舞告訴我們，為了晚餐的食材，主廚梁兄到山裡採筍子去了，剛剛下過雨，應該能有收穫。我想像著那個畫面，脫口而出：「好浪漫啊，雨後筍。」

「主廚是雙魚座，浪漫的星座。」不舞說。同是雙魚座的我和好友Rain相視而笑，我不懷好意的說：「人家都說雙魚座是最暗黑的星座呢。」

正說著，梁兄拎著筍子回來了。不舞迫不及待告訴他，關於雙魚座的暗黑傳言，他不以為忤，笑嘻嘻的承認自己就是暗黑。

我們住的星空帳篷在樹林間，躺在床上就能看見滿天星星。初春的夜晚很冷，只有三、四度，雖然開了電暖氣，還得穿上厚襪子，才能保暖。睡到半夜，鼻子和臉龐都是冰凍的，我懷疑溫度已經降到零度了。然而吃晚餐時，木造餐廳裡暈黃的燈光是那樣溫暖，就像在黑暗中一方開啟的珠寶盒。

那一晚，只有我們兩個住客，卻有主廚和二廚的料理，從山裡採下的冬筍切薄片，用蒜片和辣椒清炒，就有很好的滋味；從菜園拔下的佛手瓜，與櫻花蝦爆炒，迸發出海鮮氣味的甘甜。當然，鄒族擅長的烤雞和烤肉，也絕不缺席，還有濃郁的南瓜湯。我在享用的同時，發出由衷的讚歎，聽我訴說著菜餚的美味，主廚用發現新大陸的口吻說：「哇！妳這麼會形容，應該去寫書。」這個瞬間是我和好友晚餐的最高潮。

他真的不認識我，卻認為我有寫書的才華，這不是最好的褒獎？

吃過主廚盡顯食材原味的美好晚餐後，主廚、二廚和女主人帶著吉他與木鼓過來演唱，其中還有一位被稱為「表哥」的鄒族獵人。據說我們晚餐品嘗的高山吳郭魚，肉質細膩，完全沒有土腥味，就是表哥為壽星加菜提供的。獵人是族中長老，因為工作發生意外，失去一隻眼睛，他曾有著許多羅曼史與情人，如今雖然上了年紀，仍顯帥氣瀟灑。他惋惜著自己只剩一隻眼睛，不能展現往日雄風。我安慰他：「表哥現在是『慧眼獨具』啊，看人看事『一目瞭然』，多厲害！」

表哥哈哈大笑，將我視為知音。不舞告訴我，表哥曾是獵山豬的高手，「他們獵人是不可以講大話的，必須非常謙卑，面對這樣的大自然。」我的心被觸動，面對大自然，面對這變幻無常的人事，除了謙卑，除了敬重，有什麼狂妄的本錢？那一天，我突然覺得自己可以與鄒族人同行，雖然不懂的事太多，但我懂得謙卑。

唱完國語和鄒族語的生日快樂歌之後，應我們熱烈要求，他們又合唱了〈塔山之歌〉，雖然完全聽不懂歌詞，卻在飽含情感的歌聲，與簡單和弦和鼓聲中，感動得淚盈於睫。當歌聲靜止的瞬間，我覺得自己似乎感受到一座大山的氣息與擁抱。

也許就是這樣唱出了情感，主廚和不舞決定，原訂的民宿早餐與烘焙咖啡的行程取消，改成直探表哥秘境的高山魚養殖場與櫻花步道。他們一再強調，那個區域還要做一些整修，比方再建一個廁所之類的，所以還不夠完善，但是我和 Rain 毫不考慮，立刻表示贊同。我們想要有一次原住民風味野宴，因為這已經超乎期待了。

第二天，不舞開車載著我們穿山越嶺，一路顛簸往上，終於來到一處開闊平臺，正對著大塔山的峭壁。那是一座雄偉的大山，穩重安定，也正凝望著我們。表哥、主廚、二廚都已經到了，他們正在布置廚房與餐桌，一大面石桌上擺好餐具才發現忘了帶盤子，順手割下一旁的翠綠芭蕉葉，清洗一下鋪上桌，將料理好的粿類、三明治與水果隨手放上，就成了一幅畫。主廚從山裡採了野菜，與自種的薑一起下鍋去煮湯，表哥從池中捕撈幾條魚，清理之後入了鍋。煮熟的魚，一人一條，灑點鹽就很鮮美了。

用餐之前，表哥會先開一瓶高粱，倒出三小杯酒，面對著塔山虔誠祭拜，向祖靈報告有客自遠方來，也希望我們能得到祝福與庇佑。一陣風吹來，空氣裡充滿草木清香，在那低沉的呢喃聲中，我感覺自己確實是被溫柔的托抱著的，那樣安心自在。

我們聆聽著他們從城裡返回部落的心情，不舞如何成為山豬的母親；獵人如何失去他的眼睛；梁兄曾在台北餐廳的風光演出，而後毅然決然的返回故鄉，我還收穫了鄒族名字「丹尼芙」。吃完野地的早午餐，不舞帶我們去走山徑，十幾分鐘，我就因為想上廁所折返了。他們覺得遺憾，慎重表示，一定會蓋好廁所，下次再來。

一個半月之後，我和工作夥伴再度造訪星空帳篷，不舞在電話裡報告了廁所即將落成的消息，我哈哈笑了起來。這一回，山上雲霧繚繞，星星缺席了，登場的是螢火蟲。不舞帶著我們到山林窪地，看見一大片如夢似幻的流麗螢光，在霧氣中似隱若現。長大以後，我已經好久沒見過這樣遼闊的螢火海。天氣漸漸暖和，我在星空帳篷裡睡了一個好覺，偶爾看見螢蟲隔著玻璃閃爍，分不清是夢著還是醒著？

我和朋友後來常回到部落去，與不舞、梁兄與表哥也成了朋友。我們喜愛山裡的一切，就是對那崎嶇山徑上，飛快的車速感到隱隱不安。「天那麼黑，路那麼小，開那麼快太危險啦。」

「沒問題啦，我們閉著眼睛都能開！」梁兄總是自信滿滿。

疫情漸漸沒那麼緊張，人們已經恢復正常生活，在某一天的忙碌早晨，夥伴轉了一則新聞給我，沒頭沒尾的問：「是不是？」那是一則發生在阿里山公路上的死亡車禍，在文字間看見了梁兄的名字。我傻住，一個字一個字用力的讀過，突然覺得好生氣。「你不是說閉著眼睛都能開嗎？」你不是這樣保證的嗎？怎麼可以說話不算話？

看見另一張新聞圖片裡，不舞出現在事故現場的身影，我的淚簌簌的落下來了。

我想起梁兄留給我最深刻的印象，不是料理時舞蹈般的動作；不是唱歌時眼中瀲灩的光；不是乾杯時的豪邁；不是推動鄒族傳統文化教育的投入，而是我們初初相遇的那個夜晚。吃過豐盛晚餐，喝過香甜小米酒，滿耳都是動人的歌聲，我們終於起身要回帳篷休息，得穿過一大片黑暗的庭院。

「會不會害怕呀？」不舞問。

仗著酒後壯膽，我和 Rain 都說不怕。等到真的離開餐廳，背後燈光熄滅，走著走著，覺得這距離也太遠了。突然我發現不遠處有個人影，亦步亦趨，若即若離的伴著我們，快到帳篷時，才安靜的停下腳步。

「是暗黑主廚。」我輕聲對 Rain 說。

這一段陪伴讓我們很有安全感。

我好像沒有對他說過：「粱兄你不是暗黑的雙魚座，你很溫暖。」但現在也不必再說，他應該都知道了。

下一次，當我回到部落看星星，我知道會有一顆最明亮的星星，是專屬於他的。我會對他說：「你不是說我應該寫書嗎？這一次，我把你寫進書裡了。」

雙麵佳人小麵攤

夏天裡吃著炸醬麵，冬季裡吃著牛肉麵，十幾個寒暑悠悠而過，我已不再是佳人，夥伴們則成為了我的家人。

立夏那一天，通常會突然炎熱起來，忙碌中的大家都沒什麼胃口，於是，掌杓的我便決定當日午餐：「既然吃不下飯，咱們就吃麵吧。」說出這樣的話來，其實是滿古怪的，和我一起吃過飯的朋友都知道，我是不愛吃麵的。雖然父母親都來自北方，以麵食為主，家中少不了手擀麵條、烙餅、饅頭、包子、水餃、餛飩……

但，只要是沒有餡料的麵食，我都不喜歡，最不愛的就是麵條。父母如果決定吃麵，會另外幫我煮飯，並且自嘲的說：「真奇怪，我們都是北方人，卻生了個南方女兒，從小吃飯不吃麵。」

手擀麵條比較粗，我常覺得卡在喉管中難以下嚥，嚼起來又費勁，就是一件苦差事。國中時期成績很差，體型就像一條拉麵，愈拉愈細，愈拉愈長，充滿自卑感與灰暗思想。恰好寄宿在親戚家中，長輩要餵養連我在內的六個孩子，確實不容易，午餐時一人一碗麵就成了日常。眼看著比我大的哥哥、姐姐們，唏哩呼嚕連湯帶麵的風捲殘雲，我卻舉箸維艱，一條一條的塞進嘴裡，機械式的咀嚼著。半個小時過去了，一個小時過去了，所有人都離開了餐桌，只剩下我還在與一碗麵搏鬥。

「好了好了，吃不下就不要吃了。」長輩過來收碗，我卻怎麼也不鬆手，我要吃完，我的眼神很堅定，不可動搖，彷彿是在賭氣。在學校裡被霸凌；學習成績永遠掛車尾；數學考試總是不及格；每天早上要排隊接受體罰，這樣的生活就像這碗麵，難以下嚥，但是日復一日，還是得過下去的。最長的一次，我吃了兩個小時才殲滅那碗麵，在水龍頭下沖洗碗筷的時候，莫名的哭了出來。

回到家裡，如果是父母吃麵的日子，總要特意為我煮飯，這份愛是我布滿灰塵的心靈中，一束柔和的光。

當傳統市場開始販賣現做拉麵，吃麵變成更簡單的事了。天氣熱起來，父親就做炸醬，配麵、配飯都開胃。他的作法是先用熱油炒豬絞肉，炒到變了顏色，就加入一半豆瓣醬，一半甜麵醬，再加一些水，一起燉煮，同時放入切成小丁的五香豆干，有時還會加入細碎的綠竹筍，文火慢慢燉，讓食材入味。為了添加鮮香味，父親會把蝦米和蒜頭切成末，將起鍋時才灑入。原本穩

定厚實的醬的發酵香氣，突然像被施了催情大法那樣的，變得極不安分，充滿魅惑。

這樣的魅惑讓我心甘情願的吃一碗炸醬麵。比起手擀麵，細拉麵顯得軟滑，易於吞嚥，配上香氣四溢的炸醬，是我捨去又拾回的美味。父親老後還是最信賴自己的廚藝，雖然曾摔斷了腰椎，卻堅持下廚做炸醬，只是他的食材少了豆干。「現在生活沒那麼苦了，可以多吃點肉，以前買不起肉，只好多放點豆干。」當我詢問，老父是這樣回答的。但我自己料理炸醬時，還是要放豆干，燉煮過的豆干，軟嫩嫩的吸飽湯汁，比肉的滋味更好。

家裡的炸醬麵只有炸醬和麵，有時豪邁些，一人一條小黃瓜配著吃，吃一口麵，咬一口清甜的小黃瓜，是很農民的吃法。父親還會配兩瓣大蒜，這就是我無福消受的了。我為工作夥伴們料理炸醬麵時，配料更加繁複，除了炸醬，還有蛋皮絲、酸菜或酸豇豆，小黃瓜刨絲，再加上毛豆，滿滿一碗，連麵條都看不見了。大家端起碗來，唏哩呼嚕吃麵的聲音，真是悅耳動聽。

如果說炸醬麵是夏天的麵，那麼，冬天的麵就是牛肉麵了。對許多人來說，牛肉麵最重要的應該是牛肉，對於我的父親來說，最重要的卻是牛骨。小時候，因為父親工作的關係，我家使用瓦斯是不用錢的。瓦斯快用完了，就把瓦斯桶放倒在地上，爐火突然旺起來，還能燒一陣子，同時也該打電話叫瓦斯了。父親從辦公室買了一個壓力快鍋回來，我家爐子上便常常燉著豬骨湯或牛骨湯，鋼砲般的鍋子，發出尖銳的鳴叫聲，骨頭湯一燉就幾個小時，燉到骨頭都化了，湯汁呈現乳白色，表面浮起一層厚厚的油。豬骨湯用來燉海帶或紅白蘿蔔，牛骨湯最適合吃牛肉麵。我買過長條形的牛骨，被父親嫌棄，再三叮嚀：「要買骨節的部分，燉出來才會濃醇好喝。」於是，我學會挑選圓形的骨節回家燉湯，燉牛骨湯時，必須扔幾顆八角去腥。

因為牛腩和牛腱的油花比較少，我都買美國牛肋條，再加牛筋一起料理。燉煮半筋半肉時，用的是百貨公司打折購買的鑄鐵鍋，夢幻的棉花糖粉紅色，雖然不是我喜歡的顏色，蓄熱力卻是一流的。只要一點橄欖油，不用太多，因為肋條本身就能出油，用薑片和蒜炒出辛香味，接著放下牛筋與牛肉翻炒，我習慣在牛油之間加入豆瓣醬炒香，再加料酒、醬油、蠔油與冰糖。因為偷懶圖方便，直接擱入滷包，加水漫過牛肉，將火轉到最小，便開始一段兩個半小時的細煮慢燉。我喜歡在香氣四溢的空間裡回覆訊息；寫一段短文貼上臉書；將洗好脫水的衣物高高晾曬起來；用塑膠水管淋溼陽臺花木，嗅聞著愈來愈濃郁的五香牛肉氣味。忍住不掀鍋蓋的我，想像著連最不易軟化的牛筋也在爐火的熱力催逼下，變得入口即化。

另起一鍋熱水，放入切塊的紅白蘿蔔，煮去青澀味，而後撈起瀝水，放入紅燒牛肉中繼續煨，冬天的紅蘿蔔增添了鍋中的甜味，白蘿蔔充足的水分讓太過濃稠的湯汁稀釋，差不多再半小時就料理完成了。

我家的牛肉麵是這樣吃的，先將麵撈起放在大碗中，澆上奶白色的牛骨湯，再淋上滿滿的牛肉、牛筋、紅白蘿蔔與紅燒湯汁，擺上幾株燙好的青菜，再灑上切細的蒜苗，一撈一拌，香氣衝進鼻管，加速了唾液的分泌，吃一口麵，喝一口湯，微微的辣，激出汗水，全身都暖和，這就是我心目中最理想的冬日麵食了。

因為加了牛骨湯，這碗麵吃起來頗具膠質，香味也變得深沉雋永，這是紅燒的調味達不到的。在融合了蒜苗的獨特氣味中，我想起了一件往事，二十幾年前，我的職場轉換突然出現了變故，很可能在一夕之間成為無業人士，經過幾天的慌亂與茫然，我定下心來問自己，如果真的失去教職，我想做什麼？我能做什麼呢？

「我想，我可以開小火鍋店。」我有點認真的對父母說。

「我們沒開過小火鍋店呀，能做好嗎？」母親擔憂的嘆了口氣。

「我覺得我們可以開麵店，這是我們能做好的事，我和妳媽可以幫妳一起做。」父親非常認真的說。

那一年，我已經三十七歲了，母親六十幾歲，父親也年過七十，為了這個女兒，他們勞苦一世後，準備再次投入拚搏，我的心裡很暖，眼睛溼溼的。

「我們只賣炸醬麵和牛肉麵好了，店名就叫『雙麵佳人』，不錯吧？」我覺得自己挺有創意，沾沾自喜。

「租店面太貴，如果可以擺個小麵攤，可能更好……」父母親開始商量討論，關於我們的小麵攤。

其實，就算沒有教職，我出書的版稅也能支撐我們一家三口的生活所需，怎麼捨得讓父母再辛苦操勞？擺麵攤賣麵真的是不可能的。但是，一家三口熱烈討論的聲音和高亢的情緒，仍那樣清晰，彷彿只是昨日。我知道即使在最困難的低潮之中，他們也不會任我溺斃，而會奮力將我撈起，坐上小船，向安全的渡口駛去。

「雙麵佳人小麵攤」，多年後成為我和工作夥伴們的美食饗宴，夏天裡吃著炸醬麵，冬季裡吃著牛肉麵，十幾個寒暑悠悠而過，我已不再是佳人，夥伴們則成為了我的家人。每當我把牛肉和豆瓣醬炒香，夥伴們深深吸氣並且嚷嚷著：「好香好香，怎麼這麼香啊。」我都感到無比的虛榮。

好吃不過餃子

人生也像餃子一樣，
如果不吃，哪裡知道它的滋味？

當他在瓦礫與塵土中甦醒時，什麼都不記得了。

哈金寫了這樣一篇小說〈活著就好〉，講的是一個中年人為工廠去福泰市收賬，出差期間竟遇上大地震，他失去記憶，成為一個沒有身分的人。震災中死傷慘重，為了迅速安定民心，使社會恢復秩序，男子響應了「組成新家庭運動」，一夕之間便配給了妻子和兒子。妻子是在震災中死了丈夫和女兒的；兒子還小，卻

也失去了雙親。在這個新家庭中，男子適應得最好，一家人感情也算和諧。直到過年前的某一天，男子在街角聞到了一股強烈的氣息——韭菜豬肉水餃——猛地劃開他的蒙昧。他走進飯店，吃下韭菜餃子的瞬間，想起了家人的臉孔與聲音，想起了自己是誰，為什麼會在這裡，他想起了一切，瞬間淚流滿面。飯店裡的人沒什麼反應，對於吃著吃著突然哭起來的客人，他們是見慣了的。

韭菜豬肉水餃是我從小到大最喜愛的口味，而大地震的傷痕，也還刻在我的腦中。從上海出發，經過山東，最終抵達唐山的高鐵上，我把這個故事講給旅伴聽。福泰市，就是唐山。

三十幾年前，父親與大陸的親戚連絡上，得知唐山的親人在大地震中死傷逾半，父親最依戀的大姐也已罹難，而她的媳婦與孫子倖存，為了響應「組成新家庭運動」，表嫂多了個丈夫，兒子們多了個父親。我們見到這個新家庭的四個人，心中並無芥蒂，誰都是不得已。建立新家庭，才能分配房子和工作。雖然那樣不容易，兒子們都長大了，而後也成了家。往返幾次探望後，因為父母年紀大了，已經有心無力。而二十幾年過去，父母衰老，表嫂也都八十幾歲了，我覺得不能再等，於是在初冬時分，再訪唐山探親。

天黑以後，零度左右的低溫，我們被迎進溫暖的屋子。廳中已經擺上滿滿的菜餚，廚房裡還包了餃子。遷居上海多年，頭一次來唐山的弟弟阿宏對什麼都好奇：「餃子是什麼餡料的？」「有三鮮的，還有牛肉的。明天再吃。」表嫂說。「餃子最好！怎麼能等到明天？現在就來幾個，成不成？」阿宏嚷嚷。

我本來想阻止，明天再吃吧。看見表嫂的兒子學柏和媳婦小虹笑吟吟進了廚房，也就作罷。

想當年父母還年輕，一袋麵粉、一根擀麵杖，就能變化出各式各樣的麵食，而我獨愛的就是韭菜餃子。沉甸甸的擀麵板扛上了桌，父親母親各據一方，母親負責擀麵皮，父親負責調餡料和包餃子。我家的餃子皮薄餡滿，個頭小小的，就像一顆顆整整齊齊的元寶。我曾經試著擀皮，不是太厚就是破了，不是擀成方形就是擀成橢圓形，遭到退貨。我也曾試著像父親那樣，兩手往內一捏，渾然天成捏出肥嘟嘟的餃子，結果不是開膛破肚，就是軟趴趴站不起來，被剔出了隊伍。父親的習慣，是將飽滿的餃子一排排閱兵似的列隊站好，我的「老弱殘兵」永遠被除役，對於包餃子這件事也就冷了下來。

我家餃子的餡料是小韭菜、高麗菜、雞蛋、蝦米和絞肉，拌好之後加麻油和煸香的花椒油，一口咬下去，香氣從口腔直衝鼻管進入腦門。手擀的餃子皮與機器製品不同，細緻滑嫩，帶著麵香與彈性，對我來說，乃是餃中絕品。父母相繼病老之後，就像我曾經寫過的：「我知道終有一天，我會沒有餃子可吃的。」

手擀餃子皮的美味餃子卻在唐山等著我呢。學柏和小虹的女兒朵朵已長成了修長漂亮的大姑娘，笑嘻嘻的喚我一聲：「姑奶奶。」他們又是一家四口，過著恬淡平靜的小日子。學柏的文學天分令我讚歎，雖然沒什麼學歷卻讀了好多書，二十幾年前投稿參加台灣的文學獎，還獲得了小說新人獎，也出了書。可惜大環境的限制，只能暗沉下去，在市場中成了賣貨郎，所幸這一切磨礪，讓他成為更沉穩、更清明的中年人，只要母親、妻女都能安心度日，便已心滿意足。

餃子端上桌，冒著熱氣，「來！趁熱吃吧。」學柏說。「好吃不過餃子哪。」阿宏吆喝一聲，夾起一顆送進嘴裡。

「這是三鮮還是牛肉呀？」我問。學柏的眼裡全是笑意，聲音裡盡是溫柔：「表姑吃吃看吧，小心別燙著，吃了就知道

了。」我夾起一顆餃子，張開嘴的時候頰畔湧起一陣痠，彷彿就要掉下淚來。

人生也像餃子一樣，如果不吃，哪裡知道它的滋味？餃子吃在嘴裡，原來是三鮮口味的，我細細咀嚼，點點頭，笑著對久別重逢的親人說：「好吃，真好吃。」

烙餅的滋味

看著父母津津有味的吃著剛烙好的餅，
就像是順著一條看不見的小路，回到他們童年的家，
站在麥田旁嗅著麥香的幸福面龐。

烙得金黃焦香的薄餅，從鍋裡移到木製砧板上，小小的店面瀰漫著熱騰騰的香氣，老闆俐落的用刀切成八等分，裝盤送上。老闆娘立刻舀來兩碗綠豆稀飯，配著桌上已經選好的幾道菜，這就是我和父母親的豐盛午餐。小吃店一到午餐時間，總是擠得滿滿的，一位難求。除了附近居民，還有不遠處戲劇學校的師生，也來用餐，或者外帶。

店名叫做「大胖」的這家店，已經是第二代傳人了，現時不但沒有大胖，連小胖都沒有了。個子小小的老闆娘是本省人，熱情招呼著上門與路過的人，她看起來總是那樣樂觀，許多菜餚都是她料理的，像是我最愛的辣子雞丁，以及朋友們都很愛的炒餅。瘦巴巴的老闆傳承父母的烙餅手藝，總是站在爐前，擀完麵就要烙餅，有時候還加顆蛋，他沉默寡言，就像個忠實的衛士那樣守著烙鍋與一袋麵粉，數十年如一日。

數十年這說法真是一點也不浮誇，約莫是五十幾年前，父親在上班的路上發現了這家店，來自大陸北方的他，嗅聞到烙餅的氣味，看見那一大鍋綠豆稀飯，當然是情不自禁的。隔天晚上就帶著全家去用餐，身材壯碩的老闆賣力揉麵的背影；肥胖老闆娘熱絡的忙進忙出，店裡有許多軍人和大學生，一人一碟菜，有時候加顆鹹蛋，一張餅或是一碗飯，據著桌子一角，吃將起來。天花板上的日光燈白刷刷照亮著，一屋子的南腔北調。結賬完畢，走出門口，我聽見父親對母親說：「還真實惠啊。」若以現代語彙來說就是「哇咧有夠便宜的」。

從那以後，當父母忙得沒時間煮飯，父親便會問：「要不然，我們去吃餅？」「好啊。」母親的聲音異常輕快。到了小吃店，我們可以用托盤揀選自己愛吃的菜，他們家的菜很家常，綠豆稀飯火候很足，熬得很軟糯。直到我們搬了家，因著道路規劃拓寬，小吃店消失了。而後我們又搬家，赫然發現「大胖」光榮回歸，就在附近開了店，已經由第二代的兒子、媳婦接手。

其實，我不算是道地的北方人，飲食習慣更加南方，從來就不愛吃餅。但是，看著父母津津有味的吃著剛烙好的餅，就像是順著一條看不見的小路，回到他們童年的家，站在麥田旁嗅著麥香的幸福面龐，我便乖巧的吃下一片餅。

父母親吃餅的時候，一定要配一碗綠豆稀飯，桌上也總會放著一罐黃砂糖。這是非常外省人的吃法，夏日裡常常煮一鍋綠豆稀飯，拌著砂糖吃。就算是沒有胃口的暑熱裡，為了貪那口甜味，也能吃上一碗，解暑又飽肚。在大胖的餅店裡，因為嘗過了各式各樣的甜，對綠豆稀飯已然失去興趣了，倒是對於辣子雞丁充滿熱情。切成小塊的雞丁浸泡在紅色的辣油裡，閃著光亮，吃進嘴裡卻不太辣，而有著飽滿的、雞汁與豆瓣辣醬的香氣，和小時候頭一次吃到的味道一模一樣。

緊鄰著綠豆稀飯，店裡還有一大鍋常年不熄火的台式滷肉，滿滿湯汁浸泡著少少的三層肉，許多的油豆腐、豆輪、蘿蔔……感覺更像是關東煮。帶朋友去吃的時候，她說她很喜歡這一鍋，就像小時候外婆家的口味。第二代的大胖，已經是外省與本省的完美融合了。

「但是，我觀察了半天，還是看不出老闆娘是怎麼結賬的？」朋友湊過來小聲詢問。

大胖的菜沒有標價，也不用磅秤，全憑老闆娘喊價。通常把菜盛好就請老闆娘過來估價，她大概瞄一眼就喊：「四十。」這是給學生的；「五十五。」是喊給上班族的；「七十八喔。」這是一家兩口的；「一百二十塊。」則是一家三口的，不管怎麼喊，聽到的人都覺得：好便宜啊。

當父母已然老去，身體還算硬朗時，他們常自己去吃，有時我也一起。有病弱乏人照料的老人，吃完了付不出錢，呆滯的站在店裡，老闆娘一貫熱情的笑著：「沒有關係啦，下次再給。」

老人離開後，別的客人問：「上次沒付錢也是他吧？」老闆娘低聲說：「老人家也吃不了多少，沒有關係啦。」這家小吃店不僅是物美價廉，還很仗義啊。

總是聽老闆娘說：「要休息了啦，兒子不給我們做了，說他爸爸太累了，他們都已經長大了，叫我們不要那麼辛苦。」聽著心裡還是有些惘惘的悵然。老闆的兒子們都在藝文界工作，當然是不可能傳承的，不忍父母繼續這樣的勞力活兒，也是可以理解的。於是，每一次去吃飯，都有著惜別的心情，陳舊的店面、經年累月的桌椅、烙餅爐火的熱氣、炒餅的嗆辣，都一秒一秒的在消失之中。

某天突然發現小吃店已經易主，再也沒有烙餅、綠豆稀飯和辣子雞丁了。我和父母的那一段漫長的烙餅滋味，就這樣截斷了。而我還沒來得及問問，辣子雞丁的辣醬是哪一款的？

攪個麵疙瘩

如果太擔憂或悲傷，就攪個麵疙瘩，
讓壞事過去，好事發生。

天剛濛濛亮，我聽見母親開門進入房間，可是我還不想起床，躺在暖烘烘的棉被裡，能多賴床一分鐘也是好的。母親喚著我起床，我仍不願睜開眼睛，懶洋洋的問：「早餐要吃什麼？」

「麵疙瘩和蛋炒飯啊，還不快起來。」已經好久沒有吃麵疙瘩配蛋炒飯了，那是小時候最常吃的早餐，吃得飽飽的出門上學。

可是，已經失智的母親，好幾年沒進過廚房了，連吃早餐都得有人在旁照顧，怎麼可能做麵疙瘩和蛋炒飯呢？於是，我在惆悵的情緒中醒來，認清了這只是一場夢。

當我小的時候，大部分的家庭都是自己烹煮早餐，很少天天外食或去店裡外帶。有些同學的母親，天還沒亮就起床煮地瓜粥，我的母親並不是家庭主婦，她從事家庭育嬰工作，家中二十四小時都有嬰兒，一個晚上起床四、五次察看狀況，乃是常態，可是，在父親上班，兒女上學之前，母親還是堅持為我們煮熱騰騰的早餐。

前一晚的剩飯最適合炒飯了，打一個蛋與米飯和蔥花一起下油鍋，聽著水分在炒鍋裡滋滋作響，漸漸蒸發，而後嗅聞到蛋碎與蔥花融合的焦香氣味。沒有火腿、蝦仁、番茄醬、胡蘿蔔與其

他配料。就是這麼名符其實，簡簡單單的蛋炒飯。

可能因為我們抱怨蛋炒飯好乾，母親立刻回應：「攪個麵疙瘩就行了。」

雖然父母親都來自大陸北方，很喜歡麵食，我卻是個道地的台灣人，只喜歡米飯。父母蒸包子、饅頭；包水餃；做蔥油餅；擀麵條，就那麼一袋麵粉，變化無窮。如果要更簡單方便，就「攪個麵疙瘩」，這是母親的用語。

將麵粉加水攪成麵糊，或濃或稀，決定了它的口感。把麵糊一坨坨的下進煮沸的水中，滾幾分鐘，便凝結成了疙瘩。疙瘩沒有調味，純粹的麵香，微微甜，不規則狀的疙瘩煮到半透明，麵湯則是雪一樣的白。小時候那麼瘦，胃口卻很好，我能吃一碗蛋炒飯再加一碗麵疙瘩。即使遇見換牙，那軟綿綿的口感，也不會為難我。因此，家中料理的麵食，除了水餃，我最喜歡麵疙瘩。

不加料也沒有調味的麵疙瘩，陪伴著我的童年，到了少年時，母親的麵疙瘩有了升級版。先用蒜片炒香黑橋牌香腸，再加上大白菜或是青江菜，炒得鹹香，放進煮好的麵疙瘩裡，一起燉煮，起鍋前加上青蒜，香氣撲鼻，令人食指大動。就算是沒有食慾，也能吃上一碗。

這是媽媽帶過的女孩怡媛最愛的料理，怡媛已經一歲半才來到我家，不像其他襁褓中就來的嬰孩，她會認生、認環境，充滿不安和恐懼，卻又壓抑著不敢表現出來，眼眶裡總是噙著淚，縮在小床的角落裡。除了牛奶，母親會煮副食品給幼兒吃，剛開始，怡媛拒吃副食品，然後某一天，她試著吃了一小口香腸青江菜麵疙瘩的麵湯，遲疑片刻，便用小湯匙吃完了面前的麵疙瘩。就這樣，媽媽和怡媛達成某種默契——這裡有好吃的東西，有溫柔的褓姆，不要再哭了。

直到怡媛離開我家，直到她成年，直到她上班工作了，每當她生日時，母親就會特地為她煮一小鍋香腸青江菜麵疙瘩。每當這時候，我們也能雨露均霑的分食一碗。

二十年前我在香港中文大學教書，父母親也和我一起去，我們在新界火炭賃屋而居，從高樓的窗戶往下望，就是中庭，有一座被駿馬雕像圍繞的噴水池，據說是依風水而建的，花木滋潤，欣欣向榮。那是一段安逸的時光，母親常坐在窗臺讀小說，父親在餐桌上練書法，有陽光的日子就到庭院裡散步，放假的時候，我們相偕去茶樓飲茶。

這樣的日子彷彿是天長地久，父親卻爆發了急症，匆匆忙忙返台就醫。深夜裡將父母送到機場，看著父親坐上輪椅被推走，母親滿面愁容的對我揮手，讓我快些回去，突然感覺自己是如此孤獨無助。回到台灣的父親立刻住進醫院，留在香港的我，像丟了魂似的，吃不下也睡不著。

某天早晨醒來，翻到廚房櫥櫃裡的麵粉和臘腸，以及半顆大白菜，我彷彿嘗到了熟悉的味道，決定像母親那樣的「攪個麵疙瘩」。當臘腸與白菜一同燉煮的香氣漫逸開來，覺得自己的神魂也漸漸安定了。吃著早餐，電話鈴響，母親告訴我，父親的狀況好很多，可以出院了。我的眼淚，這時才落下來，一顆顆沉進麵疙瘩湯裡。

爾後，我總這樣告訴自己：如果太擔憂或悲傷，就攪個麵疙瘩，讓壞事過去，好事發生。

如今，常為工作夥伴們料理午餐，懶得攪麵疙瘩的時候，就買市場裡的生鮮拉麵，煮好了香腸白菜湯頭，再淋個蛋花，澆在熱呼呼的麵上，灑上青蒜，唏哩呼嚕的吃將起來，若再加一小匙

麻辣醬，便是冷氣團來臨時的理想午膳了。

吃得微微出汗，莫名升起一股自信，根本沒有壞事會發生，又何須擔憂或悲傷呢？

沒有水果的四果冰

中年以後吃冰，明白了冰總要化成水，於是淡定了。從容不迫的享用，沒那麼冰對身體更好。

「老師，妳覺得最好吃的冰是哪一種？」小學堂夏令營的孩子不知怎麼開啟了這個話題，他們圍著我問。

「是不是芒果冰？很多很多芒果，上面還有一球冰淇淋？」

我搖搖頭。

「我在日本有吃過好高的冰喔，像雪山一樣，裡面有紅豆，還有抹茶，是不是那種？」

我搖搖頭。

他們七嘴八舌的說了許多，我一直搖頭。

有個孩子靈光閃現，他說：「我知道了，老師不愛吃冰啦！」

我立即否認：「我愛吃冰啊，在我的記憶裡，最好吃的一碗冰，是四果冰。」

「四果冰是哪四種水果？」他們很感興趣。

我說：「四果冰裡沒有水果，只有四種蜜餞。」

四果冰裡沒有新鮮水果；也沒有冰淇淋；更沒有紅豆和抹茶，為什麼叫做四果冰呢？它的配料經常是木瓜籤、楊桃乾、蜜餞李和烏梅，其他的蜜餞當然也可以選擇。細雪般的刨冰，落在粗瓷淺碗中，淹沒碗口，呈現出一個山坡的弧度，將四種蜜餞放在頂上，再澆灌店家自己熬煮的淺黃色糖水，山坡出現了土石流似的坍陷。

那個年代很少有黑糖熬煮的糖水，特別好吃的冰店總是有些謠傳，說是糖水不是用砂糖煮的，為了節省成本，偷偷使用了危害人體的糖精。不知道為什麼，謠傳使用了糖精的冰店，總是特別好吃。那種又愛又怕的感覺，很像年少時，我們對於世界與未來人生的看法。

四果冰之所以好吃，在於蜜餞酸酸甜甜的滋味。冰吃起來是很清爽的，可以吃出糖水與細冰的層次，彼此互不干擾，和諧的存在。

許多年以後，頭一次吃到風靡一時的芒果冰，濃稠的芒果淋醬完全掩蓋了細冰的口感，我只感覺到自己在吃冰芒果，卻感覺不到冰的本體，相當失落。於是我知道「我泥中有你，你泥中有我。」這種情感，對我來說是多麼的不合適。

記憶中最華麗的吃冰經驗，是家裡第一次買冰箱時。雪白色、如同半顆巨大膠囊形狀的冰箱進駐我家廚房，我們將冷凍層稱為「結冰層」，而它的隔板上確實結著厚厚的冰。隨著冰箱而來的有一排冰棒模型，是用鋁片製成的，連棒子也是鋁片。母親煮了一鍋綠豆湯，我們小心翼翼的倒進模型中，放進結冰層。從電風扇搖頭晃腦的炎熱午睡中醒來，立刻衝到冰箱前面，收成綠豆冰棒。在一切物資都很缺乏的童年，那是少數的魔幻時光——我們吃著自己家裡生產的冰棒。

後來，左鄰右舍都買了冰箱，暑假就熱鬧了，林媽媽的花生冰棒最好吃；許媽媽的酸梅冰塊好解暑；陳媽媽的紅豆冰棒裡的紅豆顆顆飽滿，我們舔著吮著，捨不得一下子吃完，然而，過不了多久，冰棒就化了，滴滴答答，挽救不及，化成了湯湯水水。

小時候吃冰總有一種倉促、來不及的感覺，狠狠一口冰咬下去，酸了敏感的牙，太陽穴凍得發疼；中年以後吃冰，明白了冰總要化成水，於是淡定了。從容不迫的享用，沒那麼冰對身體更好，中醫說的。

疫起好食光

那真的是一段很夢幻的經歷，世界按下了暫停鍵，
與世隔絕的時刻，好像更能專注於一饌一飲。

大地震發生時，我不在台灣，幾天後才回家，打開房門，彷佛開啟的是一個廢墟。散落一地的物品與瓶罐，一一俯身撿拾，打開置物小櫃，一堆空食盒，大大小小，七零八落的掉出來。盯著那些透明的塑膠盒，我清楚記得採買它們的目的，以及那段走入歷史的時光。

原本只是杯弓蛇影般的疫情，不斷不斷「十〇」後的某一

天，確診數字突然飆高，口罩、體溫、足跡都很重要，那個五月突然宣布進入三級警戒了。這是我們都不曾有過的經歷，會不會十天半個月以後就解除警戒，恢復正常？然而，三級警戒超過兩個月，接著是二級警戒，直到下一年的春天才取消。三級警戒前，我們已經完成了小學堂的夏令營報名，課程規畫也陸續展開，於是，取消營隊並退費，就成了最重要的工作。

我們一面用遠距教學的方式，把春日營的課上完，一面完成了退費的繁瑣業務。每個週末許多孩子來到小學堂，充滿朗朗讀書聲與歡笑的教室，驀地沉靜下來了，我有時坐在孩子們遊戲的客廳，此刻空無一人，看著微微的灰塵，在陽光裡緩緩舞動，有種不真實的感覺，這一切只是一場夢吧？

授課老師們都不用來堂裡了，而行政工作的夥伴們還是照常上班，也有著忙不完的事要處理，一面擔心外食的品質，一面為自己找點事做，我開啟了自炊生活，小學堂成了小食堂。

開始的時候是捏幾個餛飩，只要市場裡能買到韭黃，就是吃雲雀餛飩的好時機了。夥伴們相當捧場，問她們要吃幾個？都是十個起跳。為了增加鮮味，買來白蝦剝殼剁碎，與絞肉和在一起，再加入韭黃末、薑末，米酒去腥，麻油添香，醬油、鹽和白胡椒調味，餡料就完成了。薄皮厚餡是家傳的定律，哪怕是在家境不好的童年，父母包的餃子和包子也是滿滿的餡料，一口咬下好滿足。

餛飩捏成肚子圓滾滾的鳥兒，而後放進熱水中讓它們飛翔片刻，看著它們舒展翅膀，上上下下的滾動，也是很療癒的。湯頭當然也有指定款，日本的「茅乃舍」高湯，有著濃濃的鰹魚和昆布味，卻不失清爽，湯色金黃，我會加入芹菜末和蛋絲，再加一點古法手工釀造的東引糯米醋，就成了一碗理想的餛飩湯。有時候突然想吃餛飩，不是為了韭黃或蝦仁或湯頭，而是為了吃醋。醋也能成為念想，這是我以前沒有想過的事。

看起來簡簡單單的餛飩，從餡料的準備到煮熟上桌，竟然也花費了一個上午，這樣冗長的工序，在動盪不定的日子裡，恰好安撫了我的惶然無依。

取消夏令營之後，空出了整個暑假，除了規畫一系列公益線上課程，與教師團隊輪番上陣以外，上市場買菜成了例行工作。有段時間，進市場不但要掃QR Code，還要檢查身分證，單雙號分流進入，進出口有警員把關，這一切並沒帶給我太大困擾，反而因為過於戲劇化，而有了一種參演其中的趣味感。因為不想在市場中群聚，我總是先把菜單列好，用最有效率的方式採買完成，絕不在任何菜攤前停留超過三十秒，哪裡人多就躲開哪裡，是我自己研發的防疫手段。

這樣平淡安靜的日子過久了，難免想要熱鬧一下，疫情稍微降溫，社交距離不再嚴防，就想找朋友來堂裡小聚了。

小學堂林主任帶了一個烤盤來，我們烤過牛排、海鮮、各種菇類與蔬菜，最後愛上的是豬五花。整條帶皮的漂亮三層肉，沖洗之後用餐巾紙擦乾，毋須醃漬，直接放上烤盤，這種韓式料理的方式，就是豪放。我們邀請的是這幾年合作密切的朋友小玉所長與豆姐，「來吃韓國烤肉喔。」

說起與她們的緣分也是很奇妙的，多年前我寫的小說〈芙蓉歌〉，改編自唐傳奇〈華州參軍〉，講的是芙蓉自小與表哥訂親，卻在一次巧遇中愛上了柳生，並與他私奔，王表哥不肯放手，糾纏到天涯海角的故事。在歌仔戲界占有一席之地的「一心戲劇團」，恰好就有吸粉無數的雙小生，小玉向他們推薦了這個故事，我們約在東區咖啡館相見。印象很深的是小玉一見到我就

哭了，整個會談過程中，我只記得她一直哭。而我也懂得這種悲喜交集，閱讀著一個人的作品許多年，常常感覺自己被理解，被觸動，甚至被撫慰，雖然沒有見過，也有了親密貼近的感覺，這不是初次見面，倒是久別重逢了。

我與一心戲劇團展開了十年來的多次合作，小玉也走入了我的生活。她和豆姐對我的直播品質的粗糙難以忍受，於是為我更新了設備，升級了技術。當我想要做一些 YouTube 影片，問她：「會剪片嗎？」她就去學剪片了。「會特效嗎？」她就去學特效了。看見影片成品的朋友問，這是一個 Team 做出來的吧？我有點虛榮，有點驕傲的回答：「我們有一個製片所。」而我沒說的是，製片所只有小玉所長一個人。

因為小玉精通韓語，所以，請她來吃韓國烤肉是順理成章的事。「我不一定要吃韓式料理啦。」雖然她說過這樣的話不只一次，但，我腦中已經把小玉和韓國一起綁定，拆不開了。

韓國烤肉的精華除了掌握烤肉的時間以外，就是醬料了。我會準備兩款，一款是韓國麻油加鹽和胡椒，另一款是綠色盒裝包菜醬。包菜醬沒有辣味，取出一些加上麻油和蒜末攪拌。其他的配料像是青蔥切絲、洋蔥切絲、大蒜切片，糯米椒洗淨切半，喜歡吃九層塔也可以準備一些，若有紫蘇葉就更專業了。除了五花肉，最重要的就是穿著翠綠蓬蓬裙的福山萵苣。它們就像是韓劇裡的男主角和女主角，互相輝映，相得益彰。烤得焦脆的五花肉，就像身材勻稱，線條結實的男主角；口感清新的福山萵苣，就像淚光閃亮，楚楚動人的女主角，當然，少不了使劇情更加有滋有味的阿珠媽，那就是韓國泡菜了。

那一天，大家都吃得好滿足。雖然小玉還是說：「真的不一定要吃韓國料理啦。」其實，是我們想吃。

想不出該做什麼菜的時候，我們也會在網上訂購美食，有時候五星級飯店推出的超值便當，也要嘗一嘗。那真的是一段很夢幻的經歷，世界按下了暫停鍵，與世隔絕的時刻，好像更能專注於一饌一飲。

不用上班的日子，我為賃居在外的夥伴們的餐食發愁，於是，買來一堆大大小小的透明塑膠盒，為他們準備了張家大滷。我家的滷菜是乾式的，先將大塊五花肉水煮到八分熟，撈起入滷汁中浸泡。滷汁的調味除了滷包以外，全憑舌頭去辨認，我通常加入兩到三種醬油，一定要有濃色的黑醬油，再加入黃酒和冰糖，滷出來才能呈現光亮的赭紅色。為了怕肉燉爛了，所以，浸泡的時間比開火燉煮的時間長，等到湯汁上浮起一層油花，就開始進行下一輪的滷製。雞翅膀、雞腳、豆乾、雞蛋，陸續經歷浸泡與燉煮，如果是夏天則會有綠竹筍。切塊的竹筍外表是滷汁的味道，內裡還有著筍的清甜柔嫩，水果的甘香。大滷的最終回則是蘭花干，它們鬆軟的組織正好吸飽滷汁，只要一塊就可以配一碗飯了。

我仔細的為夥伴們裝好食盒，這個愛吃滷蛋，那個不愛吃雞翅膀，大家都愛吃筍，得平均分配。裝得滿滿的食盒，小心翼翼的蓋好。我將指尖沾上的滷汁舔了舔，滋味真不錯。以後，我應該會想念這段時間——成為廚娘的我自己。

蹲下來撿拾落了一地的空食盒，是的，我真的想念疫起時的好食光，雖然不知道等在未來的是什麼，卻那麼真切的活在此刻，被舌尖的美味撫慰著。

愛野餐的好日子

野餐外賣店的名字我已經想好了，
就叫做「愛野餐的好日子」，
只要可以野餐的日子，都是好日子。

我們這一代人年輕的時候，被問起夢想是什麼？很多都會回答：「我想開一家咖啡館。」開一家個人風格的咖啡館，就是這一代人的浪漫想像。因為我對咖啡因過敏，所以，開咖啡館從來都不是我的憧憬，但我確實想開一家店，只是店裡要賣什麼？始終在思考中。不過，這夢想的雛形漸漸清晰起來了。我很喜歡野餐，那麼，就開一家野餐外賣店吧。

在我的野餐外賣店裡，一定會賣壽司，煮得軟硬適中的白飯，做成微酸的醋飯，包裹著切細的小黃瓜；粉色的鮪魚肉；淺黃色的醃蘿蔔，用保溫的食盒盛裝著，隨著不同季節做出不同的裝飾。因為我曾經在好友的帶領下，去到東京的飛鳥山公園，鋪上一張野餐墊，吃過可口的壽司便當，一陣風過，櫻花飄落似雪，有幾片花瓣落在壽司上，成為那樣美的裝飾。

在我的野餐外賣店裡，一定會賣滷味，像是豬耳朵、牛腱、雞翅膀、豆乾、海帶，隨著不同季節變換竹筍或茭白筍，滷味選用醇厚的醬油，加上冰糖上色，滷成紅棕色，閃閃發光。滷味必須切成小塊，方便優雅進食。在我小的時候，每次和鄰居友人去郊外野餐，父母親都會花上兩、三天時間，製作許多滷味，家裡盈滿著八角和花椒的香氣。我們背著這些食物走長長的山路，而後來到涼爽的溪邊，將長途跋涉而腫脹的腳丫子泡在水裡，品嘗好吃的滷味，配半顆饅頭，度過一個愉快的晴朗假日。

在我的野餐外賣店裡，一定少不了美味的甜點，像是草莓鮮奶油蛋糕、香蕉巧克力蛋糕、栗子蒙布朗。它們得盛裝在分隔好的硬式透明盒子裡，才不會擠壓變形。每一塊蛋糕都在盒子裡輕聲呢喃著：「吃我，吃我。」散發無限誘惑。我曾在香港啟德機場的跑道上，享用過這樣的甜點野餐。曾經是最難降落的啟德機場，也是我最喜歡的機場，在狹仄的城市樓房間起降的飛機，每次拉升起飛，機腹都貼著樓房屋頂，俯視璀璨的燈光，像個開啟的聚寶盆，炫目光華。一九九七年我去香港任教，還是在這座機場降落的，一九九八年當我離開香港回台灣，這座機場已經停用。二十年後我和香港友人在啟德機場跑道公園野餐，望著跑道盡頭的大海，懷念著那些在跑道上滑行的日子。

野餐外賣店的名字我已經想好了，就叫做「愛野餐的好日子」，只要可以野餐的日子，都是好日子。

野餐外賣店還沒有開，疫情來了。

無法出國的日子，悶得難受的時候，只能往山上走，走到人煙稀少的地方，搭上帳篷，真的過起了野炊生活。年輕時的野炊，常常是升起炭火，架起鐵絲網，雞肉、豬肉、香腸、甜不辣鋪滿滿，烤肉醬一層層往上刷，烤得滋滋作響，香味撲鼻，搭配吐司麵包，真的是「呷粗飽」。

多年後為了露營準備的野炊，進化了許多，我們和朋友在略感寒意的冬夜裡，煮食鮮美的和牛螃蟹鍋；朋友帶了麵糰上山，用炭火烤爐烤得香氣四溢；開了清酒，盛在木製方樽裡喝；最後還用平底鍋煎湯圓。

我最喜歡看著一串串小燈泡在營地裡張掛起來，我也喜歡夥伴們手忙腳亂的把營火點起來，弄得手上臉上都是黑灰。有時候我們安靜下來，看著眼前的大景變幻莫測。山上的雲是最有創意的藝術家，大開大闔，七十二變也無法概括。有時候雲海淹沒了群山，只露出一點點山尖，宛如蒼茫大海上的孤島；有時候雲海退去，成為一圈溫柔的薄紗腰帶，輕輕的環束著。

我也曾問過自己，這麼喜歡野餐或野炊，是否因為平常的日子都過得太方便了？手指一轉，瓦斯爐上煎煮炒炸，頭頂的抽油煙機轟隆隆響著，一切都那麼規格化。在野外煮食，最吸引人的就是不方便。

曾經有一回，和幾個朋友去野炊，連搭配牛排的芥末籽醬都帶上了，卻忘了帶食用油，看著蛋盒裡滿滿的蛋，一旁洗好的青菜，大夥兒一陣懵。「要不然，就把青菜煮一煮，蛋也煮一煮，隨便吃一吃就好啦。」

聽到隨便吃一吃，我就頭皮發麻，面前風景如畫，空氣清新如薄荷，怎麼可以隨便吃一吃？我的腦袋靈光一閃，從冰箱裡取出培根，放進平底鍋裡煎，在濃郁的香氣中，很快便煉出一大碗豬油。我們炒了香噴噴的蛋花，用培根和豬油炒了綠色花椰菜，煎了分外噴香的辣雞翅，剩下的豬油還能為明日早餐料理荷包蛋。大家都對我的「就地取材」感到佩服，我也難免有些沾沾自喜，雖然渾身的培根味洗了兩天都消除不了，但是有什麼關係呢，我們有了一頓好吃的，而不是「隨便吃一吃」。

去營地過夜和野炊，還有一項福利，那就是倏忽而至的各種貓類。許多營地都有貓，為了生存，牠們既親人又貪食。剛剛到達營地，是不會看見貓的，等到開始煮食，貓就會出現，牠們好像知道我和旅伴都養貓，我們叫喚的聲音特別溫柔：「欸，有貓耶，好可愛呦。貓咪貓咪。」貓類自動翻譯為：「貓咪，過來過來，這裡有好吃的喔。」準確無誤。於是，貓類靠得更近，跳上平臺，來到腳邊，聽著我們愈來愈甜膩的叫喚：「天啊，好可愛喔，怎麼這麼可愛。」貓類瞬間坐好，穩若泰山，出現了唯我獨尊的神情姿態，等待著人類奉上貢品，之前的弱小、可憐、無依無靠，都只是我的錯覺吧。

有一回在苗栗山上，種滿落羽松的營地，我們在落腳的小木屋前的寬闊陽臺煮火鍋、煎牛排。那天的火力有點不濟，好不容易才看見砂鍋滾起來，煮食的香氣散逸開，體形豐腴的貓類從霧中走來，一連串的喵喵叫，旅伴夾起一隻紅通通的蝦子，剛剛剝好殼，立刻把蝦子放下來。

「要給貓吃喔？好誇張欸。」我嚷嚷著。

當旅伴有些尷尬時，我叮嚀了一句：

「吹一吹，別把牠燙傷了。」

這就是貓奴，沒有最誇張，只有更誇張。

為了讓貓進食方便，旅伴把蝦子剪成小塊，用包裝魚板的木片當碟子，就像是吃握壽司那樣，陳列在貓的面前，取名為「貓板前」。貓的進食迅速，理所當然，只要吃完了便喵喵叫，催促上菜。那一晚，我們奉獻了三隻大蝦和一顆干貝，而我也有了重要心得——貓的胖，真的是自己努力的結果。

最吃力的一次，是帶著小王子公仔出門的，在櫻花樹下找到了租賃的狩獵帳，前方就是山谷，坐看雲起時。雖然不必搭帳篷，我們還是忙得團團轉，那天的晚餐是花雕雞二吃。光是洗洗切切，就花了一個半小時，初春的天色暗得快，對面的山隱沒了，身邊的櫻花樹也彷彿熄了燈。一切備料齊全後，帳前的小廣場已經黑漆漆了。每次露營都帶著頭燈出門，以備不時之需的夥伴，覺得自己料事如神，立刻幫我戴上頭燈。而我僅憑頭燈的那點亮光，料理了整頓晚餐。

先在油鍋裡放入薑片和蒜頭，接著放入切塊的雞腿肉，煎到金黃焦脆，淋上適量花雕酒，再加入醬油、蠔油，熬煮到湯汁濃稠，再放入腐竹、芹菜和蔥段，煮得入味後便舀出來，盛裝入盤，再將高湯注入鍋中，放進大量的青菜、豆腐、年糕，和各種菇類，就成了火鍋。那一餐雖然美味，卻因為光線太暗，以為自己夾到的是豆腐，原來是年糕，於是，不斷有人哀號：「咦？怎麼又錯了？」我精心安排的小王子主題，變成了「一錯再錯」露營趴。

等到我們吃完了，收拾乾淨，坐在帳篷前的寬敞平臺上看星星，也看著奄奄一息的營火吞吐最後的餘溫，一片暗黑中，夥伴不小心觸動了一個開關，瞬間，大放光明。原來，平臺上有著明亮的大燈，有桌子椅子，我們根本就可以舒舒服服的在這裡煮食

用餐，把所有食材看得清清楚楚。剛才的克難與艱辛，到底是為了什麼？

但我又想，人生常常也是這樣的吧。

到底是怎樣？別問我，你自己去想。

海上琉璃光

看見那兩條漁船底部，
亮起了紅、藍、綠、白色的豔光，
此刻的船並不行駛於海面，而是行駛在繽紛的浮光上。

和朋友聊天，談到有了相當的人生閱歷，成為所謂的「大人」，應該擁有哪些生活樂趣呢？朋友毫不猶豫的說：「有幾家熟識的餐廳，主廚會做出菜單上沒有的菜給你；有幾種偏愛的清酒或紅酒，酒商會特別留給你……」我立刻回答：「有喔，我去夜市吃一百五十元鐵板燒的時候，老闆會特別煎一個荷包蛋請我吃。」朋友愣了一下，乾巴巴的笑著說：「那也不錯啊，呵呵呵，呵呵。」怎麼了？我就是這樣一個樸實無華的「大人」呀。

所幸這幾年，終於有了熟識的餐廳，感覺自己彷彿晉級了。

那是爸媽都還算健康的年代，我們到春天的陽明山上泡湯度假。泡完湯，呼吸了滿滿的芬多精，近午時退房回台北，從網路上搜尋到了龜吼的海鮮餐廳，於是驅車前往。坐在窗邊的位子，窗外是一望無際的大海，晴空下散發著藍寶石的光澤。那一餐到底吃了些什麼？我的記憶已經模糊，那一道麻油螃蟹卻給我留下難以忘懷的好印象，就這樣，牽起了我與店家的緣分。

只要是賣生猛海鮮的店家，標示出「時價」兩個字的菜餚，總令人提心吊膽，曾在一次國外旅行，與旅伴吃了一條不算大的魚，就吃掉了我們身上所有的現金，剩餘幾天都只能過著清簡的生活。但是在我喜愛的海鮮餐廳，從來沒有這樣的困擾，就算是

「時價」也會先「報價」，更不會有你買了大蟹，卻把小蟹送上桌的情況發生。從此，每當想吃新鮮甘美的海味，便會到這裡來。

關於吃海鮮這件事，有時候是要碰運氣的，有一回被朋友帶往宜蘭一遊，天氣不錯，海風習習吹來，我們沿著濱海步道向前走，看著浪花溫柔愛撫著沙灘。天色漸暗，便來到聞名已久的海鮮餐廳用餐，原本人滿為患，一位難求的餐廳，只有一桌客人，老闆拎起一隻活跳跳的沙母展示，說他們家的螃蟹超新鮮，我就點了最喜歡的桂花炒蟹。瀰漫著麻油與蛋焦香氣，盛裝在大盤裡的蟹送上桌，迫不及待的咬下一口，帶著腥味的蟹肉軟趴趴，又碎又散，失去彈性的蟹肉進了唇齒之間，我的心也涼了半截。這根本不是活蟹料理，應該是已經死去再冷凍的肉質，我的懊惱倒不是所費不貲卻換來惡質食物，而是美好的一天不該以這樣的螃蟹作結。

看出我的耿耿於懷，於是朋友建議，不如去吃一次真正新鮮的螃蟹？過往的遺憾雖然無法彌補，卻可以創造新的美好回憶。

過了一個禮拜，我們決定還是回到龜吼「大哥的店」，讓美食撫慰失落的心情。幾次到訪之後，和老闆、闆娘漸漸熟識，他們會將臨窗的四人座留給我；會在我摔傷骨裂時，為我烹煮美味的魚唇與海參，補充膠質。他們總會炒一盤青菜請我們吃，另外還有菜單上找不到的小菜：芋絲花生。將芋頭刨絲炸脆，加上金黃花生與煸香的蝦皮、蔥絲和蒜酥，用椒鹽拌一拌，一口接一口，上癮一樣的停不下來。有時候驅車到龜吼，不是為了海鮮，而是因為想念別處吃不到的芋絲花生。

拾級而上，到了位於二樓的餐廳，寬闊的玻璃窗外是無比遼闊的大海，夕陽已經沉落，海面與天空都呈現出深黝的藏青色。今晚的螃蟹就像每一次的螃蟹一樣肥美有彈性，我們吮指盡享好滋味，一點也不浪費。老闆來到身邊，指著窗景對我們說：「靠近岸邊的這幾條船，是捕吻仔魚的，更遠一點的是捕小管的啦。」老闆接著說，天黑以後，船的底部會亮燈，誘捕吻仔魚。好不容易把眼光從螃蟹盤上轉移，想看看天黑了沒有？瞬間看見那兩條漁船底部，亮起了紅、藍、綠、白色的豔光，此刻的船並不行駛於海面，而是行駛在繽紛的浮光上，我發出一聲驚呼。這是從來沒想像過的景象，如此奇幻，如此綺麗。老闆說現在漁船變得很少了，以前海面上密密麻麻的漁船亮著燈，像一個繁華的夜市。

當我們還沉浸在往日繁華與現今的寥落之間，老闆忽然送上一盤熱騰騰的吻仔魚烘蛋：「來來來，嚐嚐看新鮮的吻仔魚。」不知道是因為小魚真的好新鮮；還是廚師的手藝精良；或是因為老闆的溫厚善意，那盤吻仔魚烘蛋確實相當美味。

在北海岸的海味餐桌上，我卻突然想起母親。曾經母親在家裡從事育嬰工作，廚房裡的炊事大都由父親操持，他對口味的要求高，家裡的菜色雖然普通，但滋味都很不錯。母親退休以後，參加了幾次烹飪班，漸漸的在廚房裡有了一席之地。約莫二十幾年之間，因為工作室設在家裡，每天中午，父母親要為我和幾位年輕夥伴準備午餐。他們每天總要腸枯思竭為我們變化出四菜一湯，有魚、有肉，還要青菜、豆腐或蛋類。有時候父親去上攝影課或是歌唱班，母親就一個人在廚房裡忙碌著，還是可以準時開飯。

有一天，又是母親獨自張羅午餐的日子，我在辦公室裡聽見菜刀在砧板上剁菜的聲音，好奇的走進廚房張望，母親正在包韭菜盒子，那是我最喜歡的餡料，除了小韭菜、蝦皮和肉，一定要放粉絲。「媽媽，吃韭菜盒子啊。需要幫忙嗎？」我在廚房門口嚷著。母親回過頭對我說：「不用，快去忙吧。」她的身上、手上都有麵粉，汗溼的臉龐帶著笑。

那一天是尋常的日子，吃到的也是尋常的韭菜盒子，哪裡知道現在再也吃不到了呢？一切所謂的尋常，從來都不是尋常的。母親不再進廚房已經七年多了，許多往事也都不記得了。所幸我還記得，廚房裡的鍋鏟聲響與飯菜香，回憶起來都那麼奇幻綺麗，如同海上琉璃光。

有滋有味，烹煮世界

我們用歲月烹煮著世界，
眼淚的苦澀，微笑的甜蜜，思念的酸楚與柔情，
品嘗這些獨特的口味，滋養了我們的靈魂。

一月裡一個尋常的日子，空氣中浮動著亢奮而又躁動不安的情緒，總統大選即將登場，各黨各派「人人有希望，個個沒把握。」辦公室對面就是城隍廟，廟埕是候選人造勢的據點，鑼鼓與群眾的喧譁聲，四面八方聚集而來，我起身關上窗戶，稍稍隔絕了噪音。回到座位時，看見桌面上放著一只盒子，一層層拆開

來，盒中的內容物出現眼前，我「啊」的一聲大叫起來。樓下候選人車隊正好經過，鞭炮點燃，震天價響，我的內心激昂澎湃，彷彿呼應著炸裂的火藥。

圓形的小巧鍋體，紅寶石般耀眼的色澤，鍋蓋上有著世界地圖的雕刻，鍋蓋頭是一顆厚重黃金的心，上面寫著「TASTES OF THE WORLD」，夢寐以求卻遍尋不著的鑄鐵鍋——STAUB明日世界鍋。

那是我一眼千年的初戀與癡迷，也是成為鑄鐵鍋愛用者的開端。

其實，我原本對鑄鐵鍋無感，鍋子就是煮食的器具，能煮出好吃的食物，靠的是技術與經驗，與鍋子沒有太大的關係。許多年前，我和父母去洛磯山脈包車旅行，吃膩了麵包、火腿、火雞和起司，父親決定吃米飯配炒菜，這是旅途中最大的挑戰。我們隨身只帶了一個電火鍋，父親竟然能夠用它煮飯，而後煎豬排，炒花椰菜和番茄炒蛋，裝好便當，中午便在國家公園野餐，把司機兼導遊看得一愣一愣的，不斷問我們：「怎麼做得到？你們怎麼變出來的？」

我的父親曾經是難民，為了吃，什麼也難不倒他的。

我家的鍋具一向簡單，厚重的中華炒鍋，蒸、煮、炒、炸，所向無敵。一個大鍋，滷菜專用；一個快鍋，煲湯專用；一個中鍋，煮麵煮湯，足矣。簡單實用，從沒把我們餓著，色香味俱全的料理，五感滿足，何須那麼多鍋子？

我使用的第一個鑄鐵鍋是 Le Creuset 經典橘色二十二吋，由小學堂夥伴 Wendy 帶來的，我只把它當成一般湯鍋使用，甚至沒有注意到它的蓄熱力特別高這樣的事，只覺得實在太重了。空空的鍋子都那麼重，盛滿湯不是更重？Wendy 當時給我科普了一

下，說是鑄鐵鍋可以直接進烤箱；可以烤雞、烤麵包……我只說了句無關痛癢的話：「顏色真的滿好看的。」那時候的我，還是認定中華炒鍋無所不能。

然而，命中註定的相遇發生了。某天沒有目的的刷臉書，忽然看見了閃耀著紅寶石光芒的世界鍋，我從沙發深處坐直了身子，深吸一口氣，真美。下一個念頭，好想要。讀了一下貼文，原來是在林口的 Outlet 要出清，獨一無二的明日世界鍋。底下留言簡直沸騰了，紛紛嚷著：「誰可以先幫我買下來？」「可以請店家留著嗎？」「我現在就出門，還來得及嗎？」一片混亂中，有人留言：「來不及啦，已賣出。」

接著，便是哀鴻遍野的殘念氾濫成災。雖然完全沒有出聲，卻感覺自己參與了一場短暫的狂歡，從此以後，STAUB 明日世界鍋成為我心上的硃砂痣。

為此，我開始了解鑄鐵鍋的品牌、樣式、功能等等，STAUB 暱稱史大伯，被稱為男人鍋；Le Creuset 簡稱 Le，被稱為女人鍋，據說男人鍋比女人鍋稍重一些，然而，不管如何，對我來說都太重了。

去上教練課的時候，談起鑄鐵鍋，教練給了我一個目標：「好好鍛鍊，等到鑄鐵鍋可以輕而易舉的拿起來，就可以買啦。」

隔了一個禮拜，志得意滿的走進健身房，教練問我：「鑄鐵鍋是不是愈來愈接近啊？」我笑嘻嘻回答：「已經買了。」教練驚訝得說不出話。

我入手的第一個鑄鐵鍋是 Le 圓鍋二十二吋，粉紅棉花糖色，購買原因只是折扣漂亮，還有贈品，並不是特別喜歡。它卻是廚房裡的好幫手，紅燒牛肉、燉煮雞湯、咖哩海鮮，它都站在第一線，因為不是鍾愛的顏色，使用起來毫不吝惜，屬於任勞任怨型。後來發現，與我們最親近的人，為我們付出最多，往往得不到疼惜，正像我的棉花糖鍋。

接下來幾年，我又陸續入手羅勒綠的史大伯二十吋、松露白飯鍋、番茄造型鍋，以及不知名的橢圓形蝴蝶結浪漫淺鍋，真的是一鍋還比一鍋重，每一次雙手捧鍋，都覺得自己在舉重健身。

松露白飯鍋出動的那一次，是遇上電廠爆炸大停電，小學堂員工午餐備料已完成，電子鍋卻無法煮飯，我匆匆進教室上課前，丟下一句話：「用鑄鐵鍋煮飯吧。」說得輕鬆，誰都沒煮過，Wendy主任上網查到煮飯的方法與步驟，等我下課後，大家都有香噴噴的白米飯可以吃。松露白臨危受命，不負眾望，我對它多了點敬意。

縱然有任勞任怨型、臨危受命型，卻都比不上，怎麼找都找不到的明日世界鍋，因為它是我的意難平。

而在一月裡一個喧囂的日子，鑼鼓與鞭炮炸響，Wendy 終於找到它，像奇花異草那樣，在我眼前盛開。

鑄鐵鍋是重量級的鍋具，它的價格也是重量級的，找不到世界鍋的我，差不多一年就會入手一只，而 Wendy 則是以一年好幾只的速度，堆積她的鑄鐵鍋。只要看到顏色漂亮、款式特別的鍋款，我便與她分享。看到史大伯魚鍋時立刻被吸引，光亮的藍綠色，流暢優雅的橢圓線條，鍋蓋上一條魚的雕刻，令人怦然心動。過了幾天，Wendy 就入手了。

「什麼時候要用，我就帶過來。」她說。真是個豪氣的買家，而她「車馬衣裘與朋友共」的氣魄也太豪邁了。

Wendy 的鑄鐵鍋多半都是我在用，在我看來，買下魚鍋就是一種「寶劍贈英雄」的盛情，既然如此，怎能無以為報？於是，

義式番茄白酒海鮮鍋應運而生。

準備的食材有鮮魚、蝦子、蛤蜊、中卷、番茄、洋蔥、櫛瓜，和九層塔與白酒一瓶。先將魚兩面煎好取出，接著用奶油將洋蔥炒軟，放入蒜片增香，再加上切成小塊的番茄一起拌炒，如果要用番茄罐頭也可以，但我覺得新鮮番茄的氣味不同，有種來自農地裡的泥土草根感。番茄炒出汁液，就可以將煎好的魚回鍋，同時注入平價白酒，為何強調平價？因為用好酒太浪費了。一滴水也不加的料理，已經充滿了番茄汁與白酒，燉煮到酒氣蒸發得差不多，就可以把蝦子、蛤蜊、中卷和櫛瓜陸續放入，湯汁咕嚕咕嚕滾動，鮮香四溢，增加了口中唾液的快速分泌。

因為很難買到羅勒葉，有時候用九層塔代替，再灑上綜合義式香料粉，瞬間移動到歐洲。歐式麵包是海鮮鍋的最佳拍檔，我喜歡用麵包沾著湯汁吃，將海味的鮮與蔬果的甜，全部收羅在唇齒間，一滴也不浪費。

疫情期間的八月，結識了三十年的好友雨真，邀請了兩位好友小雅和寶姐，帶著珍愛如命的兩隻狗兒，從高雄到台北來度假，指定品嘗海鮮鍋。除了海鮮鍋，我還用番茄鑄鐵鍋煲了小排魷魚花生湯。

乾貨店買來阿根廷乾魷魚，仔細刷洗乾淨後浸泡，剪成麻將牌大小。花生要買燉湯那種，比較容易熟爛，先用水泡整夜，再取出備用。川燙去除浮沫的小排，沖洗後與魷魚和花生一起燉煮，這就是展現鑄鐵鍋蓄熱力的時機了。想當年第一次吃到這道湯品，是在香港的快餐店，沒想到豬骨與魷魚再加花生，能燉煮出這樣的美味。簡簡單單卻又誠意十足的兩道料理端上桌，雨真湊近番茄鍋嗅聞：「好香，這好像大菜啊。」小雅從事餐飲業許多年，她用木勺舀了湯中的材料，而後發表專業評論：「這就是大菜啊。」

我的虛榮心劈里啪啦被點燃，是大菜是大菜耶。

那一次的聚餐很歡樂，我們聊天喝點酒，兩隻可愛的馬爾濟斯在身邊跑來跑去，疫情總會過去的；不景氣會過去的；忐忑不安的心情也會過去的，一切都會轉好的。然而，兩年後雨真陷入深深的悲傷中，因為那隻十三歲的馬爾濟斯 Birdy 腦部病變，整夜不能安睡，起不了身，行動就撞牆，雨真也陷入混亂與無助。明明還是玩偶般可愛的模樣，怎麼就衰老至此？好幾次徘徊在生死邊緣，每一天都令雨真以淚洗面。經歷了最好的醫療，Birdy 依然向彩虹橋奔去。

不曾真正愛上身邊寵物的人，無法明瞭那種深刻的哀痛。投入在狗狗身上的情感，是不會被辜負背叛的，牠們總在那裡聆聽與安慰，這樣奢侈的回報，是人類無法給予的。我不斷想起兩年前的聚會，同樣是炎熱的八月，燦亮亮的陽光，吐出粉色小舌頭笑容可掬的狗兒。

明日世界會不會更好呢？沒有人知道，但，明日肯定比今日擁有更豐富的回憶。我們用歲月烹煮著世界，眼淚的苦澀，微笑的甜蜜，思念的酸楚與柔情，品嘗這些獨特的口味，滋養了我們的靈魂。

爸爸，吃飯了

跟爸爸一起吃飯六十三年了，沒辦法適應他缺席的餐桌。

「來，跟爸爸說，吃飯了。」

我雙手捧著一碗白米飯，舉到額頭，嘴裡說著：「爸爸，吃飯了。」

雙手一抖，差點拿不住飯碗，淚水奔湧而來，痛哭失聲。

曾經，廚房是爸爸的王國，一方面因為他是個美食主義者，而且能烹調出美味的食物；另一方面是媽媽長期從事育嬰工作，根本沒有時間下廚，因此，爸爸常在下班後騎著腳踏車到市場買菜，回家煮晚餐。我們放學回家，一開門就能嗅聞到飯菜的香氣，立刻覺得飢腸轆轆，不只渴望著肚腹的飽足，還有唇舌間的好滋味，都能帶來撫慰。在充滿挫折，自信心低落的青少年時期，生活是艱難的，而坐在餐桌前吃著爸爸料理的晚餐，那時的我被柔和的光籠罩，卻是明亮的，也是安心的。

三十幾歲到香港工作，朋友請吃飯，最後一道是清蒸魚。「清蒸魚上來了，就可以配飯吃了。」朋友用魚肉混著湯汁拌飯吃，細細切成的蔥絲在熱油的衝擊下，精神煥發，不知不覺的，我就吃完一碗飯，這樣的口味對我來說有點陌生，因為，我家習慣的吃法是紅燒魚。黃魚、赤鯮、盤仔魚、鱈魚，都先煎過，再加入醬油、葡萄酒、糖和醋，拍裂的蒜瓣與蔥段，小火慢慢浸煮入味。爸爸看著我滿臉陶醉的吃著魚，寵溺的笑：「跟貓一樣，饞。」他總是說我饞，我也不回話，只是笑著指指他，他知道我的意思：跟你一樣。他的笑意更深了。

爸爸喜歡做菜，他的菜最重火候，光是煮個豬骨湯，便要用快鍋小火燉上一整天，豬腿骨與骨節都燉化了，整鍋湯呈現奶白色，這才是他認可的湯底。將厚厚的海帶泡上兩天，再和豬骨湯一起燉，如此濃稠的湯品，確實很獨特。花費的時間和耐心，也是不容小覷。

爸爸的虱目魚兩吃也有個人特色，買回大條虱目魚，先將腹背厚實的肉片起，抹鹽醃上，頭尾也醃上，而後用魚腹的油膏煉出油來煎魚肉、頭尾和魚骨，魚肉邊緣煎得酥脆，中間卻是軟嫩的，魚一上桌，我們就搶著吃焦脆的邊邊。頭尾和魚骨煎香後煮湯，炒鍋裡剩的熱油拿來煎豆腐，嫩豆腐煎得兩面金黃便放入湯鍋一起燉，細火慢燉，每塊豆腐都膨脹起來，滿滿的小洞裡都是濃醇的魚湯。不喜歡魚腥味所以不喝魚湯的朋友，來到我家也忍不住一碗接一碗。「全世界我只喝張伯伯的魚湯。」爸爸微笑點頭，以後只要朋友來，虱目魚湯少不了，還加入魚丸和金針菇，變得更澎湃了。

二十幾年前，因為緊急剎車，爸爸在公車上摔跤，擠壓了脊椎，從此落下了腰痛的痼疾。他不耐久站，對於洗洗切切這樣的事，變得煩躁易怒，廚房裡常常傳出他不耐的呼喝。我找到好吃的餐廳便約爸媽一起去，如果吃到不合口味的料理，爸爸簡短一句：「以後不要再來。」就結論了。如果是他喜歡的，便會細細品嘗，而後自信的說：「我應該也能做得出來。」於是，回家後又進廚房忙碌起來，說到底，我知道他和我一樣，就是饞。

哪怕是已經傷了腰，每次過年爸爸還是要自己滷菜。我家的

滷菜很繁複，必備的基本款有牛腱、牛肚、豬五花、豬耳朵、豬舌頭、雞翅、雞腳、雞蛋、豆干、蘭花干等等。爸爸滷菜是有順序，有章法的，開鍋先滷的肯定是肥瘦均勻的整條五花肉，滷汁裡有了油花，才能再滷其他，否則就不香了，他是這麼說的。而所謂的其他，也得一樣一樣慢慢滷，慢慢浸泡，可不能豬牛雞一鍋滷。

這樣一鍋，從開始到完結，得耗時四、五天。最難處理的是豬耳朵，要先把沒拔乾淨的毛拔掉，水煮之後晾涼，還要再拔一次，才能進滷鍋。爸爸戴上老花眼鏡，拔得頭昏腦脹，看他忙了大半天，我忍不住說：「不吃豬耳朵又不會怎麼樣，下次別吃了。」爸爸頭也不抬：「妳忙妳的去吧。」這是客氣的說法，真心話是：不幫忙，少廢話。

被我稱為「張家大滷」的滷菜大功告成，連雞翅膀的細骨都能咀嚼，如此入味。我也可以篤定的說：「全世界我最愛爸爸的滷味。」十指不沾陽春水，總是坐享其成，就是爸爸對我的愛。

爸爸對於物質並無追求，甚至是節儉成性，他唯一在意的就是吃。

「寧吃仙桃一口，不吃爛桃一筐。」這是爸爸的名言。小時候家庭環境不好，怎麼可能吃到好吃的「仙桃」，所以我們家不吃桃。等到我出書又開始工作，偶爾買了昂貴的水蜜桃回家，獻寶一樣的送到他面前：「爸爸嘗嘗看，是不是仙桃？」他咬了一口，甜滋滋的笑：「這是仙桃，真好吃。」

「爸，你嘗嘗看，這是不是仙桃？」

我把剛剛買來的豔紅色水蜜桃放在盤子裡，抬起頭看著爸爸的眼睛，輕聲對他說。照片裡的爸爸一逕安然的微笑，沒有回答。

香煙裊裊，迷了我的眼睛。

九年前，爸爸罹患思覺失調症，而後幾年之間摔斷了兩條腿，再加上大大小小的病痛，心境一年比一年差，以往對於美食充滿熱情的他，漸漸顯出一種「天下無物可食」的心情。尤其是九十五歲之後，既聽不見又看不清的他，多了許多禁忌，只要見到新聞裡提到哪種食材可能會有哪些疑慮，便聲明再也不吃，像是可能吃到美豬所以不吃豬；蛤蜊、蝦子、許多魚類可能會有汙染；綠椰菜與多種蔬菜擔心會有農藥等等。印尼看護阿妮向來得爸爸疼愛，剛來的時候，爸爸對她的廚藝讚不絕口，這兩年也開始挑剔起來。阿妮做了四道可口的菜，爸爸卻對她說：「拿一小碟鹽給我。」他吃每一口都沾著鹽，我們感到震撼，爸爸連味覺也失去了嗎？

因為中風摔跤進了急診的爸爸，被診斷出肺部發炎，住院治療。我一直以為他會康復出院，而他自己也很努力。原本在家什麼都不好吃，住院時吃著醫院清淡餐食竟然每餐都吃光。我毫不懈怠的尋找電動床，並且發動工作夥伴們協助清理原本是書房卻已閒置二十年，成為暗無天日雜貨間的房間，想要接爸爸回家休養，並以超高速準備申請第二個外籍看護好好照顧他。我像飛一樣的跑著，跟什麼不知名的東西競賽。我就這樣跑了十幾天，沒能好好睡一覺，而爸爸卻沉沉的昏睡了，醫護人員對我說：「妳要有心理準備。」準備什麼？我已經跑得這麼快了，已經準備這麼多了，還不夠嗎？護理師扶住我的肩膀，她的眼圈也紅了。「妳已經做得很好了，真的。」終於聽懂了她的意思，但我搖搖頭，我肯定還有什麼事沒做好吧。

在爸爸昏迷前三天，我去外面餐廳買了牛肉燴飯，用湯匙餵他吃。看見他容光煥發的神情，就知道他喜歡。「怎麼樣？滿

意嗎？」我問他。「不是滿意，是非常滿意。」他這樣說。那一天，我本來想告訴他，為了接他回家，我把四十年的藏書全部捐掉了，彷彿也割捨了自己的前半生，但我不覺得惋惜，只要他能平安回家就好。但我怕他會為我惋惜，覺得我太衝動。難得他說出了「非常滿意」這句話，我不想破壞此刻的愉悅氣氛。

爸爸昏迷前兩天，已經不太能吞嚥了，嗆咳得厲害，也不太想進食。難道，人生在世，能吃多少東西都是有定數的嗎？

爸爸昏迷前一天，我們把清空的房間刷上粉桃色的油漆，我買了一顆熟甜木瓜，切好四分之三送去醫院，留了四分之一給媽媽。原本沒胃口的爸爸，嘗了一口之後，竟然吃完了我帶去的全部木瓜，而且沒有嗆咳。「好吃吧？」爸爸點點頭。

那就是最後了，最後在我的餵食中吃下的食物。

次日，他陷入昏迷，整整十天。我在他床邊守候，時候到了就吃飯。

「爸，我吃的是你喜歡的燴飯喔，要不要吃一點？」

「今天懶得下樓去買飯，也沒什麼胃口，就吃泡麵，爸，想不想吃？」

他沒有回應，我知道他不會再回應我了。

阿妮在病房陪病，我獨自在家的時候，彷彿看見他坐在沙發固定的位置，看著報紙或平板，飯菜都上桌了，我便走過去對他說：「爸爸，吃飯了。」於是他顫巍巍起身，緩緩走到餐桌前。跟爸爸一起吃飯六十三年了，沒辦法適應他缺席的餐桌。

爸爸離開世界的第二天，我去市場買水果，賣給我熟甜木瓜的老闆娘熱情招呼：「今天的木瓜超好吃，我幫妳挑一個。」我突然僵住，無法反應，好像身體裡出現了一個裂口，痛得想哭。

未來的某一天，我和爸爸還會再相遇的吧。

他會做好吃的料理給我吃嗎？或者是找到了怎麼吃也吃不完的仙桃？

他能做好吃的東西，我能品味出好滋味，我們倆是一樣的饞。

張作，今天要什麼

我只想好好的為身邊的人做一餐飯，
讓他們在忙碌工作之後，被味覺的饗宴感動，
而能升起幸福的感覺。

豬肉攤老闆穿著白色背心，嘴角叼著菸，他的雙手撐住攤臺邊緣，望著我問：

「張作，今天要什麼？」

他的整體造型與氣質，簡直就像是周星馳《功夫》電影中包租婆的嫡傳弟子，如果有無賴地痞敢來市場挑釁滋事，他應該會

掄起兩把剁骨刀，翻身跳出來，以一敵十，戰無不勝。

前幾年剛開始光顧時，他是叫我阿姨的，我在臉書上貼文，自嘲了阿姨的稱謂，不知道他從哪裡得知，自此，我就成了「張作家」，而後簡稱為「張作」。

「張作，今天要什麼？」

每當我在他的攤子前出現，他就這樣問我。彷彿在我們面前的不是豬的各個部位，而是大千世界的各種需求與願望，他就是個法力無邊的主宰者，只要我說得出，就能求得到。

那麼，我想要我的氣喘能得到有效醫治；我想要唉聲嘆氣的爸爸可以快樂起來；我想要認知症的媽媽別太快忘記我；我想要小學堂專注力不足的孩子專心一點；我想要自己的內心堅強又溫柔……

「我要兩條五花肉，不要太肥也不要太瘦，漂亮點。」

「就像妳一樣啦。」老闆愉快的從勾子取下肉，俐落下刀。

不太肥也不太瘦的阿姨，得到了一個很樸實的稱讚——漂亮的五花肉。

自從疫情爆發，我更頻繁下廚，小學堂上課的週末，我會在課堂之間的空檔為夥伴們料理午餐。吃慣了家常菜，對便當的忍耐程度就降得更低了。哪怕只是一個簡簡單單的絞肉蒸蛋，都能得到大家的喜愛，我的料理信心是夥伴們為我建立起來的。關於豬料理：回鍋肉、豆豉小排、麻婆豆腐、粉蒸肉、韓式烤肉輪番上陣，各有擁護者。至於紅燒五花肉，則是全體夥伴的最愛，每次都能衛冕成功。

提著兩條五花肉進廚房，洗淨切塊後，少油熱鍋，放入薑蒜與乾辣椒，爆炒出香氣，就可以將五花肉煎到焦黃，煎出油來，再炒豆瓣醬，而後加冰糖與醬油、蠔油，再放入清水蓋過肉，先開大火再轉小火。懶惰如我，不特別炒糖色，當水分熬成濃郁的焦糖質感，肉的色澤已經又紅又亮了。冬天的紅燒肉配料是紅白蘿蔔，蘿蔔吸飽了肉汁，呈現半透明；它們也奉獻了根莖類經霜後的甜味，相輔相成。

到了夏天，紅燒肉的配料就是竹筍了。景美市場邊緣有好幾攤小農，一塊油布，堆疊著天未亮就挖掘出來的筍子，有來自貓空、老泉里、觀音山的，一張紙板寫出了筍的來歷，尚且寫上不同等級：沙拉、炒菜、煮湯。煮湯和炒菜的等級比較便宜，沙拉等級的一斤一百五十元起跳，甚至要價兩百元。為了料理品質，我總是不惜成本買最貴的。個頭短胖，通體褐黃，身上還有未洗淨的泥土，在我看來就是最上乘的筍子：不苦不老。活到我這個年歲若仍如此，豈非至福？

小學堂的盈老師從戀愛、結婚到生子，這段珍貴的歲月，

我們都在她身邊。她的兩個兒子已經到了上夏令營的年紀，去年和媽媽一起吃了小學堂員工餐，就愛上了我的咖哩雞和筍子紅燒肉。吃咖哩雞那天，已隱隱感覺白飯之不足，我問兩個小子：「明天的紅燒肉要吃油豆腐？還是筍子呢？」「筍子筍子！」兩個小子搶答，果然是懂吃的。平常買兩條五花肉，這次買四條，還要準備五、六顆胖嘟嘟的筍子，用最大的鍋子燒製，一鍋香噴噴的筍子五花肉端上桌了。

小子們以一碗吃完再添一碗，滿滿一鍋肉見了底的方式，表達他們對廚娘的讚許。吃完之後，他們倆規規矩矩敬禮，向我表達謝意：「謝謝曼娟老師。」

那一天，我不是老師，不是阿姨，也不是張作，我就是愛料理的曼婆婆。

看起來是我款待了他們，其實他們也款待了我。

「張作，今天要什麼？」老闆的菸在嘴唇一開一闔之間，竟然不會掉落，我不是懷疑而是肯定，他就是蟄伏在市場中的武林高手。

我要了一隻豬腳，是前腳而不是後腳，前腳才有肉，後腳太瘦了。這就是所謂的「每下愈況」。

這個典故出自於《莊子》，說的是要明瞭一隻豬的肥瘦，就要從牠的下肢去觀察，愈往下則愈瘦，豬的肥瘦由此可知。人世間許多真相也要從細微處去探究。「每下愈況」被「每況愈下」取代，不知多少年了，許多人都不知道「況」指的並不是情況，而是瘠瘦。料理豬腳時，這個典故就在心裡複習一遍。火候不夠，豬腳都是肥膩；火候正好，豬腳就是滿滿的膠原蛋白。

豬腳的料理方式與紅燒肉差不多，我堅持用黃酒而不是米酒，另外要加個滷味包去腥添香。泡好的花生，稍軟而具彈性，真是豬腳最好的朋友。有時候也會加入筍乾，這就要看因緣了。

前幾年在網路上找到一位蛋農阿傑師，他在梅山上放養蛋雞，給雞吃的是自己調配的天然食材，我還看過一群雞爭啄一顆鳳梨的餵食秀。雞在山林間自在逍遙，想在哪裡生蛋，就在哪裡生，能不能找到要看運氣。這種人道飼養的雞隻必然健康，雞蛋品質當然很好。年復一年，我們竟成了朋友，有時候阿傑師隨蛋附上自己做的肉臊，或是菜脯，或是筍乾。筍乾到的時候，豬腳的搭配就是它了。

為了能燒製出軟爛Q彈又入味的豬腳，我還買了一個壓力鍋，將筍乾稍微浸泡一下，與豬腳一起下鍋，鍋蓋旋緊，半小時後關火，讓氣洩完，整個空間都是豬腳筍乾的氣味。筍乾微妙的中和了豬腳的油膩，還增添了味覺的層次感。可惜，阿傑師不再養蛋雞，也標示出我的那段歲月一去不回。

常常，在豬腳上桌的時刻，我很熱心的想向夥伴們解釋「每下愈況」與「每況愈下」的典故和積非成是，然而，看著眼前豬腳快速消逝，我便感到真切的飢餓與光陰似箭的焦慮，還是專心吃飯啃豬腳吧，典故沒那麼重要。

「張作，今天要什麼？」乒的一聲，老闆將刀鋒插進厚厚的木砧板。每次聽見老闆母子親切的招呼聲，都覺得晨光特別柔和。老闆的母親有很亮眼的笑容，充滿活力的聲音，她看起來比我年輕，老闆叫我阿姨一點也沒錯啊。

老闆「娘」會貼心詢問我要做什麼料理，然後幫我挑選適合的部位與肉質，我信任她的專業。我對老闆娘說，今天需要小

排，我要做一道湯品，番茄肉醬排骨湯。「還要放肉醬喔？」老闆娘有點好奇。「對啊，這是一道酒家菜，一定要放廣達香肉醬才對味喔。」

頭一次在台式餐廳吃到如此美味的湯品，立刻上網查找來歷，發現是酒家菜，便覺得喜不自勝。我從沒去過酒家；沒唱過那卡西，但我讀過白先勇的〈孤戀花〉；我還記得北投吟松閣發生過的社會事件。雖然沒有機會到酒家去一探究竟，魷魚螺肉蒜，卻是常有機會吃到的。為了讓客人多喝幾杯酒，酒家菜除了熱炒就是油炸，湯品也偏重口味，像是瓜仔雞湯，用的是花瓜或蔭瓜。螺肉罐頭、花瓜罐頭、肉醬罐頭，都是料理美味的秘訣。

說起來，我對廣達香肉醬是有深厚情感的，在物資不夠豐盛的年代，家裡沒什麼葷菜，就開個肉醬罐頭拌飯吃；想要華麗一點，就來個肉醬烘蛋。出門去郊遊，一條吐司麵包，兩罐肉醬罐頭，就能餵飽同伴們，吃得美滋滋的。可以吃的東西愈來愈多，我幾乎把肉醬罐頭給遺忘了。開啟肉醬罐頭的那一刻，獨特的氣味衝入鼻管，表面一層橙色的油，瞬間點燃我的青春回憶。

番茄肉醬排骨湯的靈魂，除了肉醬，當屬番茄了。我在蔬菜攤挑選個頭大又飽滿的牛番茄，一邊詢問老闆娘：「有沒有軟一點，熟透的番茄？」老闆娘睜大眼睛看著我：「我怎麼能賣熟透的軟番茄？沒人要買呀。」其實我最愛的就是熟透的軟番茄了，不管是番茄炒蛋、羅宋湯，熟透的番茄才能炒出豐沛的汁液，增加料理風味。

我將三顆切塊的番茄與已經煎過的小排和洋蔥炒在一起，

被熱油激發出濃郁的茄汁肉香，而後沸水沖入成湯，燉煮到小排軟化，就可以倒入肉醬罐頭了，再加些鴻禧菇、美白菇，起鍋前必須加入芹菜段和青蒜段，灑點白胡椒。番茄肉醬排骨湯本身已經夠美味，如果再放龍蝦進去，將鮮味熬煮出來，真的是登峰造極了。

父親的廚藝不錯，他也相當自豪，衰老之後，無法再下廚料理，不管什麼樣的菜餚，都無法令他滿意，唯獨番茄肉醬小排龍蝦湯上桌時，能得到他似有若無的一絲微笑。僅僅是這麼薄弱的一點訊息，對我來說已經足夠。

尤其是在父親離世之後，我常想著自己哪裡沒有做好，無法令他開心，然而，當我的思緒轉動到他最愛的這道湯品，想到他積極的吃完小排和龍蝦，舀湯拌飯，津津有味的神態，我也不禁微笑了。

「張作，今天要什麼？」

我只想好好的為身邊的人做一餐飯，讓他們在忙碌工作之後，被味覺的饗宴感動，而能升起幸福的感覺。因為我曾經被世界款待，也想好好的款待這個世界，這就是我存在的證明。

國家圖書館出版品預行編目資料

多謝款待：那些愛與被愛的煙火氣 / 張曼娟 著. --
初版. -- 台北市：皇冠, 2024. 11
208 面；21×14.8 公分.（皇冠叢書；第5193種）
(張曼娟作品集；28)
ISBN 978-957-33-4216-8 (平裝)

863.55　　113015260

皇冠叢書第5193種
張曼娟作品集 28
多謝款待
那些愛與被愛的煙火氣

作　　者—張曼娟
發 行 人—平　雲
出版發行—皇冠文化出版有限公司
台北市敦化北路120巷50號
電話◎02-27168888
郵撥帳號◎15261516號
皇冠出版社(香港)有限公司
香港銅鑼灣道180號百樂商業中心
19字樓1903室
電話◎2529-1778　傳真◎2527-0904
總 編 輯—許婷婷
責任編輯—蔡承歡
美術設計—嚴昱琳
行銷企劃—薛晴方
著作完成日期—2024年11月
初版一刷日期—2024年11月

法律顧問—王惠光律師

讀者服務傳真專線◎02-27150507
電腦編號◎012028
ISBN◎978-957-33-4216-8
Printed in Taiwan
本書定價◎新台幣380元/港幣127元

張曼娟
Facebook